Cox oder Der Lauf der Zeit

时间的进程

Christoph Ransmayr
［奥地利］克里斯托夫·兰斯迈耶 著
韩瑞祥 译

北京联合出版公司
Beijing United Publishing Co.,Ltd.

目　录

译者序

克里斯托夫·兰斯迈耶（Christoph Ransmayr，1954—　）是奥地利著名作家，德语后现代文学的主要代表之一，被誉为当今德语文坛上独来独往的怪才。他出生和成长在上奥地利州的罗特哈姆，就读于维也纳大学，学习哲学和民族学。1978 年到 1982 年间，他曾为多家文学杂志撰写报告文学和杂文，开始在文坛上初露锋芒。从 1982 年起，兰斯迈耶成为自由作家。他先后在多所大学担任客座教授，讲授诗学。他是一个永远在路上的作家，不断地游历于世界各地，特别是亚洲（多次来过中国）、北美洲和南美洲，艺术上追求别有洞天的异域风格。批评界始终把他的小说看作是通向生存边缘的探险和冒险旅行，读者始终感受到的是一个个陌生而熟悉的世界，经历的是那“荒漠、北极和喜马拉雅的边缘生存”。兰斯迈耶曾多年生活在爱尔兰，2006 年回到奥地利，定居在维也纳。

兰斯迈耶的文学创作始终根植于奥地利文学传统的沃土中，坚定地传承了奥地利历代文学大师的审美追求，在文学创作中坚持不懈地探索和创新，非同凡响的象征表现是其创作风格令人赞叹的亮点。对他来说，写作就像是无所畏惧的探险旅行，作家要用内在的眼睛为他在旅途中所观察和感受到的每个充满象征意义的事物寻找到一种独一无二、神奇而贴切的语言，从而在读者的心灵中制造一种鲜明而刻骨铭心的图像。他迄今已经发表了许多小说和散文作品，其中长篇小说《冰与阴暗的恐惧》（*Die Schrecken des Eises und der Finsternis*，1984）、《最终的世界》（*Die letzte Welt*，1988）、《病魔》（*Morbus Kitahara*，1995）、《飞翔的山》（*Der fliegende Berg*，2006）、《时间的进程》（*Cox: oder der Lauf der Zeit*，2016）以及中短篇小说集《通往苏腊巴亚之路》（*Der Weg nach Surabaya*，1997）、《一个内心不安的人的地图册》（*Atlas eines ängstlichen Mannes*，2012）等产生了十分广泛的影响，为作者在德语文坛上赢得了令人仰慕的地位。尤其是他的第二部小说《最终的世界》，享誉世界文坛，成为德语后现代小说的经典之作。兰斯迈耶先后获得了多项文学奖项，其中包括著名的“荷尔德林奖”“布莱希特奖”“奥地利文学大奖”“伯尔奖”“冯塔纳奖”等。

兰斯迈耶的文学创作始终与他的世界旅行经历密不可分，水乳交融。在文学探险的征程中，他一再义无反顾地走进一个个遥远而陌生的世界，正如他自己所说的，“无论在南美洲，在印度，或者在亚洲的什么地方，我都会比在作茧自缚的欧洲更贴近全球现实。凡是我所看到的，我所经历的，我都会在某种程度上将它们融入我的叙事流中”。兰斯迈耶总是以如此独特的艺术表现视角，既富有象征地展现出一幅幅别开生面的艺术画面，又自然真切地使之与他所感受的生存现实交相辉映，从而让虚构的异域图像在读者的心灵里不知不觉地成为当今世界不可或缺的镜像。

小说《时间的进程》是兰斯迈耶又一部力作，同样也是他“叙事游戏形式”的又一个典范。这部小说表现的是一个与众不同的主题，即所感受的时间。如果说《最终的世界》把被流放到黑海之滨的古罗马诗人奥维德当作一个乔装打扮、渗透着现实意义而并非一部历史小说的对象来表现的话，那么，《时间的进程》可谓是前者的姊妹篇；这里所虚构的历史故事令人信服地交织成多姿多彩的马赛克画面，使读者可以从各种不同的时间表现中不可抗拒地感受到小说对时间与权力、时间与生存、时间与死亡和时间与爱充满张力的独到展现，也就是作者所说的“时间图像”就是超越历史和时代的“现实图像”。

小说的故事发生在18世纪的中国，两个主人公分别是中国的乾隆皇帝和当时英国最伟大的钟表匠考克斯，作者以独特的艺术想象让这两个没有任何关联的历史人物错综复杂地交织在他所虚构的“时间故事”里。考克斯应乾隆皇帝之邀，与三个助手乘船来到中国。他们要遵照这位爱好艺术和诗歌的统治者兼时钟收藏家的意愿，为他制造能够表现人在各种特殊情境中迥然不同的时间感知的时钟。而所谓的时间感知，也就是“主观时间”，因为“时间是在缓慢地移动、停滞、流逝，还是以其不可计数的另外的速度压倒我们，其根源在于我们，在于我们生存的那些像链条似的相互交织在一起的瞬间”。乾隆皇帝让他们制造的第一个时钟是要表现一个孩子的时间感知。出于对他夭折的女儿的无比怀念，考克斯把自己的全部心血都倾注到这个风钟的设计中，制造了一个充满神秘内在富丽堂皇的银船钟。第二个用火灰驱动的时钟则要再现濒临死亡的人的时间感知。它的外形酷似长城的一段，制造者为之甚至进行了充满危险的实地考察。当乾隆皇帝最终希望制造一个“永恒之钟”，也就是所谓的永动机时，这些英国人渐渐意识到他们处在什么样的危险中。皇帝对他们的无比恩宠让一些朝臣惊慌失措，无比愤怒；他们被视为会给帝国带来灾难的恶魔。于是，对所有人来说，这个“永恒之钟”逐渐演变成了一个日益危险的延伸时间的机器。小说结尾，当乾隆皇帝第一次独自面对这个按照他的愿望完成的“永恒之钟”并要亲自使之运转起来时，他突然感到不寒而栗。在这里，“时间的进程”成为一个开放式的悬念。

主人公阿里斯特·考克斯是小说中的悲情人物，他始终遭受着悲惨命运的煎熬：他五岁的女儿因病夭折，他深爱的妻子变得沉默和呆滞，因此，他常常沉陷于思绪万千的回忆中。在从杭州前往紫禁城的大运河之行中，他在乾隆皇帝的宠妃身上看到了女儿和妻子的倩影。他把这种深切的渴望和希望秘密地埋进了“永恒之钟”的制造中。在他的心灵深处，“永恒之钟”自然而然地成为永恒之爱的象征：“他觉得，面对皇帝和他心爱的人，这样一个瞬间不再属于任何时间，没有开始，也没有结束，比流星一闪短暂很多，但却充满永恒的活力：任何时钟都无法测量，表面上没有延伸，犹如苍穹上一个距离几亿光年之遥的闪烁的光点。”考克斯“感觉到这充满活力的瞬间就是时间的化身，感觉到两个沉默和死去的最亲爱的人犹如镶嵌在宝石里出现在其中”。

小说《时间的进程》是一部富有哲理的小说，其断片式的叙述结构使得时空交错跳跃，一个个物体、一个个事件、一个个外在的感知不断地引起主人公考克斯对过去和现实的联想，形成了张弛有致的叙述暗流。叙述者正是通过这样的叙事方式把虚构的人物布局组合成一个多层面多视角的艺术图像，镶嵌在主观时间感知的背景上，让所谓的“时间的进程”成为其审美感知的核心。

像《最终的世界》一样，《时间的进程》绝非一部历史小说，而是一部时间小说，一部披着历史外衣的时代小说。兰斯迈耶在许多采访中一再坦言道，无论是《最终的世界》还是《时间的进程》，尽管它们的主人公都是有名有姓实实在在的历史人物，但它们都与人们所说的历史小说无关；虚构“他者”的历史故事和形象是他感知生存的必要手段，更是他“贴近全球现实”的艺术追求。在《时间的进程》后记中，作者明确地强调，历史存在“给了我灵感，让我的故事拥有了内在的节奏”。他是一个立足于现实的作家：“我所描写的，都是关于现实的存在，绝对没有任何别的东西”，因为对他来说，“一个人道的、超民族的欧洲一如既往地是一个十分遥远的乌托邦”。这部小说叙述层次丰富，呈现形式为开放式，留给了读者仁者见仁智者见智的想象和思考空间。

可以说，《时间的进程》是一部不同寻常的小说，也是兰斯迈耶为当代德语小说创作做出的又一大贡献。它以诗意的语言、超常的想象、丰富的比喻和象征以及充满哲理思考的叙事承载着无比厚重的话题和多重暗示的内涵。这部小说发表以后，立刻就得到了批评界、学术界、出版界和读者的普遍认可和赞赏。奥地利和德国各大报刊和媒体对这部小说给予了很高的评价，认为作者以“我行我素天马行空的表现风格”，使虚构的异域故事成为“关照当下现实的镜子”。《时间的进程》无疑是兰斯迈耶时隔多年后小说创作的又一次“值得关注的突破”，当属“世界文学之列”。正因为如此，这部小说很快就获得了多项文学奖项，并相继在世界各地翻译出版。

在小说《时间的进程》的翻译过程中，译者曾应欧洲译者之家（Europäisches Übersetzer-Kollegium）和奥地利文学协会（Österreichische Gesellschaft für Literatur）之邀，分别在德国施特拉伦和奥地利维也纳与作者进行了长达三天的交流，获得了对这部小说难得的认知，解决了翻译中的诸多疑惑，在此一并深表谢意。与此同时，译者也期盼读者的批评，愿与读者共勉。

韩瑞祥

2018 年 3 月于北京

一　杭州——抵达

十月的一天清晨，风帆徐徐落下，考克斯离船踏上中国的土地。这一天，世界上最强大的人，中国的皇帝乾隆，下令割掉二十七个税务官和有价票商的鼻子。

在这温和的秋日，浓雾笼罩在钱塘江平静的水面上。曾几何时，河床沉沙淤积，河水形成了一条条细流，二十多万役夫用铁锹和筐子疏浚河床，就是为了遵照皇帝的旨意，纠正大自然的一个错误，让这条河可以通航，将大海和杭州湾与这座城市连接起来。

迷雾淹没了这初来乍到的帆船，遮挡住聚集在法场上人群眺望的目光。法场紧挨着码头。根据衙门记录，有两千一百人观望和见证了乾隆皇帝这不容争议的公正行为，其中有许多人身着盛装，衣冠楚楚，他们要么闲聊着，要么敬畏地沉默着，期待着刽子手的出现。与此同时，他们也望着那三桅帆船从河面的浓雾中飘然而来，又隐没在茫茫雾海中，而伴随着每一次重新闪现，形成了一幅越来越咄咄逼人的画面。这是一条什么船呢?

这时，聚集在刑场周围的人似乎都忘记了这个世界的全部注意力只能集中在皇帝及其意志执行者身上，它只属于天子，因为只有出于他的恩赐，才会与其他人和事物分享每份馈赠和目光。甚至有几个被捆绑在刑柱上的受刑者也抬起头来，朝着那无声无息地漂动着、扬着深蓝色侧帆与横帆的三桅帆船望去。

海浪、火山爆发、天崩地裂，甚至连遮天蔽日的黑暗也都无法为一个独一无二的念头辩解；如果没有许可，这个念头就不能背离皇帝的无限恩泽和无限权力，不能转向平凡世界那一个个真实的存在。

这位皇帝依靠疏浚钱塘江宣示，他的意志能把整个一座城与大海相连，能让大海通向杭州大大小小的花园与公园。从此以后，一条条抵达的帆船像大海的贡品一样，被潮汐的波涛直推到这座城市的码头和货栈旁。与此同时，作为皇帝权力的镜像，这条随着潮汐变换而改变流向的河流能承载起一个又一个庞大的船队。

然而，当一条人们从未见过的大帆船划过钱塘江那黑乎乎的、散发出制革厂石灰浆臭气的江水时，一个至高无上的天子算什么呢?尽管他的法令决定着生命的一举一动、江河的流动、海岸的走向，甚至还有眉来眼去和那些最隐秘的念头。这位皇帝是不可见的。这条船则不然——或者当迷雾将它重新暴露在一个实实在在的现实之前，至少只是片刻间摆脱了人们的目光。

人群聚集在法场周围，有几个坐着轿子或停歇在凉伞下的官员开始交头接耳，低声谈论着最近几天的传言——从朝臣私下渠道里传出来的许多流言蜚语，说是有一条满载着贵重机械和钟表的英国帆船即将抵达。然而，无论谁轻声低语，他都绝对不会指向那条三桅帆船，而是每说一句话，都会偷偷地环顾四周，看看有没有皇帝许多耳朵中的一只在听着，有没有他许多眼睛中的一只在看着，哪个身着刺绣大衣或者毛皮镶边长袍的臣仆会对在这清晨遵照最高意志发生的事情敢冒天下之大不韪而说三道四：毫无疑问，那些受刑者站在他们应该站的地方，因为天子要他们这样。对衙门的每个密探或者大内密探而言，可以轻而易举地弄到这些臣仆的名字。可话说回来，这条沐浴在蔚蓝中的帆船不也真的是遵照他的意志，朝着帝国一个最繁华最富裕的城市驶来吗？

乾隆，不可见或者闪烁在红黄相间的龙袍里，无处不在，一个永远在当下的神灵。然而，在这些天里，有五千多名朝臣浩浩荡荡地陪伴着他穿越了七个省进行巡视，他要在杭州结束他的旅程，并在一个由三十多条船组成的船队护送下，沿着大运河——一条古代专门为皇帝出行而开掘的水路——回到北京去。尽管如此，在他巡视的日子里，这座城里没有一个臣民，也没有一个高官显贵亲眼看见过他的身影。说到底，这位皇帝既不用因为察看每天生存的烦恼而把眼睛弄得精疲力竭，也不用因为谈话或演说而口干舌燥。凡是要看的或者要说的，臣仆们都会替他看，替他说。尽管他闭着眼睛，但却看到了一切；即使在梦乡里，他也能听到一切。

这天清晨，乾隆，这个天子，时代的主宰，陷入高烧性谵妄之中，在数以百计的武士警戒下，梦游在杭州的高塔和屋顶之上，飘摇在郁郁葱葱连绵起伏的丘陵间某个地方的迷雾里，俯瞰着下方的山山水水；在这丘陵带里，秋日的空气到处弥漫着沁人心脾的芳香，人们正在采摘着帝国无比珍贵的茶叶，而他则像一个摇篮里的孩子躺在一张床上。在豪华的帐篷里，卧榻吊在漆成红色的横梁上，上面系着四条用紫线交错编制、散发出薰衣草和紫罗兰香味的丝带，晃来晃去。吊床透光的帘子上点缀着夜莺羽毛，时而在穿堂风里懒洋洋地向人们示意。

朝臣们有自己的帐篷，而天子的丝质帐篷高高地搭建在城郊山顶上。他拒绝享用杭州几个星期来就预备好的空空如也的奢华宫殿。在巡视途中，这位皇帝有时候宁可舍弃一切奢华居室和高墙深院，只钟爱一种由织物、条带和三角旗组成的堡垒，既透风又通畅。而高墙深院里不是隐藏着潜在的危险，就是会变成阴谋家和刺客设下的陷阱。不过，从山顶上观察，仿佛乾隆这些日子里被包围在他自己的一座城池里。

乾隆被包围在奏折、判决、书法和诗词的文山纸海中，被埋没在鉴定书、水彩画和不计其数、依然捆绑和密封的文书里。像平日一样，他要在这天清晨阅读和批奏，同意、欣赏或者驳回文书。他沉陷在一个接一个的梦幻里。他的一个宫廷侍从为了让一份珍贵的文书免遭这个发烧病人不时抽搐的损害，试图将它收起来，并用滴上了莲花香精的麻布欲擦干他汗津津的额头。这时，他猛然从梦中惊恐地坐起来。

不！不！快滚开！乾隆，一个四十二岁的男人，一个在枕头和铺盖的奢华中看上去近乎娇小的男人，活像一个怒发冲冠的孩子转过身去。他要让一切，也包括他蜷缩在其中的、刷刷作响的文书的混乱保持原样，该是什么样就是什么样，该在哪儿就在哪儿。哪怕食指一个几乎不可感知、仅仅暗示的动作都会使这个侍从猛地又回到一种木然听候圣旨的状态。

然而，在天子的帐篷外，将要执刑时，在场的侍从和御医都毕恭毕敬地保持沉默，任何时候都禁止谈论天子发高烧或者身体有别的不适，哪怕是一句话也不行。他们之中有谁敢于怀疑，尽管这位皇帝浑身冒汗，发着高烧躺在卧榻上，可他的威名就在这座被笼罩于浓雾中的城市的当下，甚至就在那二十七个等待着接受酷刑的骗子的当下，同样也在城外港湾那黑乎乎的海水的当下。在那里，一只英国三桅帆船正在丁零当啷地抛下锚链。还有贴身卫队那些身着紫红色盔甲、呆若木鸡的士兵，他们像一动不动的会呼吸的甲壳守卫在帐篷四周，他们之中又有谁敢这样怀疑呢？

仿佛那丁零当啷的响声就是他要出现的信号，人们顿时默不吱声了。就在船锚牢牢地钉住海底和锚链紧紧地绷直之前，一个瘦削的男子拖着一条腰带一般长的辫子，一声不响地走到二十七根刑柱的第一根近前，他就是刽子手。他在那个因为恐惧而开始呜咽的受刑者面前弓了弓身，用左手大拇指向上摁住他的鼻尖，用右手将一把月牙刀架在他鼻根上，猛地一抹，刀刃穿过鼻骨，鼻子直飞落到额头下方。

血流从一个奇怪空虚、突然间活似一具骷髅的面孔中喷涌而出，随之而来的是痛苦的号叫。刽子手一步接着一步，一次又一次弓身，从一个刑柱走到另一个，不断地如法炮制，鬼哭狼嚎愈演愈烈，最后变得震耳欲聋。此起彼伏的大笑声汇入痛苦的号叫中。

这时，那些贪婪的蠢猪在丢了脸面之后最终又失去了鼻子！然而，这还算是一种宽容的惩罚，一种无比宽容的惩罚。这群人在北京、上海和杭州的交易所兜售了毫无价值的证券，企图拿税款和皇帝的黄金来掩盖这种骗局！他们应该趴在地上磕头感谢法官才是。几个聚集在法场看热闹的人认为，他们这样为所欲为，似乎也应该割掉他们的阳具，塞进他们的屁股里，让他们从嘴里拉屎。血流一个劲儿地从那扁平而龌龊的嘴脸上喷涌而出，而一个个鼻子像落果一样掉在法场的木板上蹦起来。这毕竟是一个宽宥的行为。

两条毛发蓬乱的小狗尾随着刽子手，自然嗅了嗅那跳动的猎物，但碰都不碰它们。一群乌鸦却不会放过这样的机会，它们几乎屏住呼吸静静地观望着，就在最后一个受刑者被割掉鼻子前，它们从一棵老树顶上无声无息地一跃而下，出于无法解释的原因，它们最终仅仅摒弃了四五个鼻子，留下了一片片乱七八糟的血迹图案。无论这位皇帝现在不可见地存在于哪儿，他是否会与看热闹的见证者一起感受到他的公正，并且在微笑呢？

仿佛那锚链的叮当声和从远处城里法场上随之开始传来的痛苦的号叫声，最终将他从一个接一个梦幻的纠缠中解救出来了，在高高在上的山丘之间，天子从发烧的卧榻上猛地坐起来，在最后一次抽搐的冲击下，卧榻还缓缓地晃了晃。可是，甚至连跪在晃动的卧榻跟前的侍从也听不清楚乾隆喃喃低语地说些什么：

他到了吗？那个英国人。他到了吗？

阿里斯特·考克斯，一个来自伦敦的钟表匠和自动机械制造师，一个掌管着九百多名精密机械师、宝石匠和金银匠的大师，他站在天狼星号三桅帆船的舷杆旁，尽管上午光芒四射的太阳已经高高地升到杭州的山岭上，驱散了笼罩在黑乎乎的海水上方的迷雾，可他还是感到寒冷。

冷啊！冷啊！该死的！

在被狂风巨浪肆意撕裂的七个月的航海旅程中，天狼星号是他早就厌恶的唯一栖息地和避难所。它从南安普敦出发，沿着疟疾流行的非洲海岸，经过好望角和一个个疟疾肆虐的印度和东南亚港口，直到臭气熏天的杭州湾。在航行中，天狼星号曾两次遭受桅杆断裂的厄运，而且两次——先是在塞内加尔海岸前，然后又在苏门答腊岛前错综汹涌的洋流中——都险些连同其珍贵的货物葬身于大海。

然而，像一只受到上帝保佑、满载着奇珍金属动物——有用金银打造和镶着珠宝、能够翻转的凤凰，有机械豹子、猴子和毛发银白的北极狐，有翠鸟、夜莺和用镀金铜片做成的、能够从俏红玉色到深翠绿色变换色彩的变色龙——的诺亚方舟，天狼星号不仅没有沉于海底，而且经过长久的修复之后又在怀有敌意的海岸线上扬起了风帆，朝着一个充满希望、被一个天子所统治的国度驶去。

在这次航行之前，考克斯从来没有过航海的经历。在狂风巨浪咆哮怒号的夜晚，甚至连船长都不再愿意相信他的船能够更久地抵挡住那一排排巨浪的冲击。考克斯也出现了一种奇怪的征兆，从此以后，这个征兆就陪伴着他，使他对一切阴森可怕的事情、一切危险的东西都做出本能的反应：只要一出现危险，他就开始打寒战，即使在东南亚或者印度尼西亚热带的蒸烤中也莫不如此。有人在他近旁，有时候会听到他的牙齿咯咯作响。此时此刻，也就是在这个阳光明媚的上午时光，他之所以也打起寒战，是因为他透过那雕刻精美的望远镜瞥了一眼。这望远镜是他第一次觐见时要呈送给中国皇帝的礼物。

伴随着一阵和风掠过平静的海面，大笑声、号叫声和锣鼓声从法场传到天狼星号受到蛀虫侵害的舱壁上。全体船员，也包括考克斯都误以为这是一个节日的喧闹声：中国的皇帝下令庆贺这个来自西方世界、天赋超人的自动机械设计师和钟表匠的到来！事实上，也有焰火冲向天空，那样光彩夺目，甚至连一缕缕的烟云都像彩虹似的色彩斑斓，在射向高空爆炸的火光之后，形成了壮观的螺旋形花饰，直冲云霄，迎着太阳的光芒也不会失去耀眼的光彩。然而，透过望远镜，展现在考克斯眼前的不是鲜花簇拥的庆祝舞台，也没有彩旗招展，而是矗立在法场上的二十七根刑柱。这一切表明：那里不是举行什么庆典。

考克斯打起寒战。他的眼前又浮现出皇帝使者的身影。两年前那个不幸的秋天，留着长辫子的两个男子，虽然衣着裁剪得异常宽松，但满身却是绫罗绸缎，给他送来了中国皇帝的请帖。这年秋天，他的女儿艾比盖尔，他的太阳，他的星星，一个五岁的孩子可怜地死于百日咳。

两个使者来到艾比盖尔的停尸床前——考克斯拒绝中断守灵和在接待室里接待远道而来的贵客。当时，他已经三天没有进食，几乎滴水未沾，听着通过东印度公司一个翻译转述的两个使者的话语，像是来自十分遥远的地方。

使者以九五之尊的乾隆皇帝的名义恳求阿里斯特·考克斯师傅来北京宫廷做客，作为西方世界的第一人住在紫禁城里，按照天子的种种意图和梦想，为这位至高无上和激情洋溢的钟表与自动机械爱好者及收藏者创造出前所未有的作品。

起初，两个使者心想，在艾比盖尔这间装饰着用大马士革白玫瑰编成的花圈和花环以及十多支白蜡烛照得亮闪闪的停尸房里，似乎停放的不是一个死去的孩子，而是一个放在灵柩台上、用十分精美的铁皮捶打成的机械天使——这个举世闻名的自动机械制造师的最新作品，通过一个按钮，它每秒钟都会站起来睁开眼睛。

当时，考克斯感到他的皮肤、他的面容就像是用金属做的，那不断流淌的泪水就像发生在一尊雕像身上：他被禁锢在这暗无天日的雕像里面。这时，其中一个使者发现自己弄错了，呈现在他眼前的不是什么自动机械，而是一个死去的孩子。他深深地鞠躬致哀，跪在孩子尸体跟前，相信这样做符合异域的风土人情。

在此后的两年里，考克斯日日夜夜每时每刻都在想念着艾比盖尔，并且停止了制造钟表。他再也不想在自己的工作台上制造任何一个齿轮、摆轮、钟摆和平衡轮，即便这些部件的每一个只会用于测量一个流逝的、不可能增加的、属于这个世界珍品的时间。

从无穷无尽的时间中，五年，仅仅赐予了艾比盖尔五年！她的小棺材被安葬到海格特公墓一个暗无天日的坟墓以后，除了一个独一无二的、令人困惑不解的时钟外，考克斯让人拆除了所有的时钟，连他位于伦敦鞋街房子南侧的太阳钟也不例外。他让人把这个令人捉摸不透的时钟镶嵌到艾比盖尔的墓碑上，替代了大理石天使或者悲伤的森林之神。

几个月后，时钟就已经被常青藤和玫瑰缠绕。考克斯甚至没有让法耶看过它的设计图。只有到了中国后，他才会在自己的工作台上将它摊开来——在那里，他要寻找一种能够连续不断地旋转、最终会超越时间本身而进入永恒的机械装置，像破茧而出的昆虫一样。考克斯把艾比盖尔的生命之钟称为不招眼的、按照四季花卉、树叶或者野蔷薇果实掩饰起来的墓饰。他要从这样的墓饰上看出自己生命的流逝，并使之与艾比盖尔的长眠息息相关，心心相印。

如果说自从艾比盖尔夭折以来，在他位于利物浦、伦敦和曼彻斯特的手工作坊里受王室、海运公司或皇家海军部的委托还在制造计时器——由数百个钟表匠和精密机械师负责实施，他们也能够赋予精密计时器乌鸫或夜莺的形状和声音，使它们分别按照正午、傍晚或夜间时刻发出各种各样的鸣叫——的话，那么这一切都是在他的朋友和同伴雅各布·默林的监管下完成的。默林来到船舷前，站在考克斯身旁。像现在一样，在过去的七个月里，雅各布常常站在他身旁，仿佛他随时准备阻止阿里斯特·考克斯，这个世界最悲恸欲绝的人到大洋幽暗的深处去寻找自己最终的宁静。

难道我们非得在行刑的法场旁上岸吗？默林说道。他手里也拿着一个望远镜。

在他的一生中，仅仅只有一次，考克斯看到了在泰晤士河畔的行刑法场上有三个海盗被吊死的情形，用的是特别短的绳索，免得法场上那习以为常的下降高度会伤害他们，而是让他们依靠自己的重量慢慢地窒息而亡。三个海盗徒劳地拼命喘气，手舞足蹈，观望者称之为海盗舞——皇家的公正。

考克斯打着冷战。在过去二十多年里，英国和欧洲大陆那些富丽堂皇的王室在鞋街订购了货物，一些是留给他们自己用的，另一些是用来讨好一些更加强大和不可战胜的王室的，比如俄国沙皇。然而，什么时候会有一个受赠者询问这些钟表和自动机械的创造者呢？这些赠品是伴随着开放通商、减轻关税或其他特权的请求递交的。

中国的皇帝询问过。

考克斯考虑了两个月后接受了乾隆的邀请，并且把那幅用墨水完成的翠鸟形状的样图送到了北京。他满怀希望，前往中国的旅程也许会使他摆脱掉时间永恒的境况，以便重新制作自动机械甚或钟表：一些机械的造物，它们实际上似乎终归不过是些玩具而已——孔雀、夜莺或豹子，一些为艾比盖尔制作的、闪耀着蓝宝石和红宝石光芒的玩具。

在欧洲的王公大臣、亿万富翁和军阀，也就是他们那个时代最富有和最冷酷的人看来，即使一个类似于上帝的东方皇帝也会在他的皇座上和大殿里，也会与一个安息在海格特公墓一棵婆娑的松树下等待着复活的天使一样，喜欢与这些神奇的动物和木偶嬉戏，并且会迸发出童稚天真的心灵之光，在他的帝国里闪耀。

但是这位皇帝，他不需要玩具。

二　大运河——水路

无论是大运河岸边村村寨寨里享有特权的水城臣民，还是三十五条中国式帆船上的乘客，谁都无法说出天子乘坐在这豪华船队的哪一条船上。九天以来，船队从杭州启程，又是扬帆，又是划桨，经过沿岸一片片稻田、一片片桑树和柚木林，向着北京逆流而上。

一条条帆船扬着血红色的风帆，上面画的是星座和金龙图，桅杆都是黑色的，相互几乎难以区分。甚至连它们的名称也一定要数星期之久用红色油布遮盖起来，直到缆绳在到达北京时被抛到堤岸上。

对每个不知底细的人而言，不可预见的是，听不到一声怒吼的指令，这些帆船日日夜夜会轮番改变顺序：比如，第十七条帆船越过航行在它前面的十条，占领第七条的位置，而这一条又回到第三十条的位置，第三十条又上升二十位，然后第一条或第五条或第九条构成新的船队之尾，诸如此类，变幻莫测。

没有任何一个在两岸埋伏的敌人，一个刺客，一个阴谋家，在任何时候会有可能侦探出，他应该把柏油燃烧弹、炙热的石球或燃烧的箭头投向皇家船队的哪一条。是的，他们似乎压根儿就不可能知道，这船队是否真的承载着天子，或者仅仅是一次浩浩荡荡勇往直前的烟幕从他们面前一闪而过。

在白天或晚上什么时刻不断交替变换船队的队形，则是由皇家卫队那些站在所有船头的军官依靠火光暗号或编成密码的信号旗决定的。据说，皇家卫队始终睁着他们的眼睛：为了能让一个侍卫得到休息，其他十多个侍卫都要更加擦亮眼睛，严阵以待。

大运河将帝国南部与北京连接起来。考克斯不知道，这位皇帝是不是也被大运河那黑乎乎的波浪摇晃着进入梦乡——或者他会不会早就在百余名身着盔甲的骑士护卫下，快马加鞭地飞驰过他的原野、河流和草原，比任何帆船都要快。

这次水上之行要持续七个星期之久，也许更长，一切都得视风向和其间的停留而定。打从杭州启程以来，人们始终看不到乾隆的身影。即使在船队经过一些大的水城、两岸有成千上万的人向船队欢呼时，也看不到他的身影。同样，当这些帆船以戏剧般的表演，由数以百计的水牛和一群役夫与雇工拉着纤绳，通过下潜的木制滑道，伴随着传向远方的铜锣、铃铛和号角的乐声被高高地拖过一道落差或壅高水位时，也依旧看不到他的身影。

约塞夫·江，一个出生在上海，受葡萄牙传教士洗礼的中国汉人，被指派为英国客人当翻译。他说，皇帝什么时候会露面，无非就如同第一场雪，第一场暴风冰雹或一个酷热的夏日——人人都知道，没有年份会不下雪，没有年份会不出现暴风骤雨和酷热，可是什么时候会出现，却永远是一个隐藏在预测和占星术的数字序列中的可能，一个秘密。有些侍从和太监，江说道，二三十年甚至一辈子待在皇宫里，却一次也看不到天子的身影。但最终必然会显现在你面前的，仅仅是一个要面对他的世界、要对其产生影响或要与他一较高低的人。

相反，毫无疑问，在一条帆船舱室里，乾隆会躺在一张悬床或一个用敌人的头发编织成的吊床上，在梦乡里度过每一次水上航行，没有落差，没有洪流，没有山脉——没有如此遥远的距离会抵挡住他。那些十分富有创造力的水利工程师遵照他及其王朝的意志，经历了世世代代的努力，把北京与钱塘江三角洲以及杭州连接起来了。与此同时，他们采用各种各样的拦水体系，使一些甚至彼此相反的支流、溪流和水源的水流共同形成了一条独一无二的、在阳光下熠熠发光的水路。

大运河，这条自古以来由人工开掘的最长的水路宽四十米，在一些地方深达十二米，从杭州到北京几乎长达一千二百英里。

在几个世纪的开掘过程中，有多少雇工、役夫和奴隶在皇家工程的淤泥里因精疲力竭而丧命，因发烧、受伤，或者在造反的斧子、箭头和屠刀下而丧命，任何地方都没有记载。

对于帆船上的全体船员和从岸边的村村寨寨以及一座座水城招募来的成群结队的帮工来说，战胜每一个落差水位就是一个胜利。他们在拉纤时伴随着锣声的节奏气喘吁吁地发出号子，常常与一群群遮天蔽日的水鸟那尖锐刺耳的叫声混合在一起，诸如鸿雁、灰鹤和鹭鸶等。经过几个钟头的辛劳后，当一条帆船终于又滑进运河下一段平静的水面，并在那里撕裂了云彩的倒影时，所有的拉纤号子便消失在“万岁”的欢呼声中。

在一个个夜晚，当船队最后一条帆船也克服了障碍时，岸边就点起了一堆堆熊熊燃烧的篝火。在这些火堆上，一些身着黑装的厨师精心地烹饪着一百零八道菜肴，因为按照皇室的规定，天子的一餐必须由此构成。然而，从一个个烟雾缭绕、四面敞开的岸边厨房里，这些皇家的菜肴不仅是供给这个类似于上帝的人，而且也是供给所有参与让他的船队继续前进的人享用的；这一条船的船员可能享用这巨大的菜肴系列中的七道，而另一条船的船员则可能享用一百零八道菜肴中的九道、十道或十二道，视营养价值和所干的工作强度而定。

这个类似于上帝的人希望他的臣仆们与他一起就餐，与他这个看不见的天子一起在一个共同的、看不见的餐桌上就餐，并且伴随着他的恩赐来尽情地享受帝国的果实和惠赠。当这些菜肴还在大锅小锅里以及铁杆上蒸煮煎炸时，厨师们用黄铜喇叭吼叫着所有的配料，同样接连不断地道出了一串串珍贵的调料名称，他们甚至用诗句连接起烹饪的时间与一种配料各种特性的关系，以及与皇家各种力量的关联；皇家的力量像炙热的烹饪火焰一样，使得从粗糙的原材料和不可驯服的自然力中产生了一个不可战胜的、养育着他的臣仆的帝国，成为上苍的化身。

尽管乾隆从来都没有出现在一张餐桌旁或一顶巨大的棚子里。棚子搭建在运河岸边的草地上，各种菜肴摆放在其中的火炬之间，就餐的人，无论是衣着豪华，还是半裸身子并因为拉纤的劳累而汗流浃背，他们都一起吼叫着号子，融入厨师们的说唱中。

在这一个个夜晚，考克斯宁可待在船上，他甚至觉得这种听起来粗野的欢呼声如同战争的叫嚣声，并且徒然地试图去发现有关一场战役的准备。

他和雅各布·默林以及两个帮手在一起，一个是来自达特福德的钟表匠，一个是来自恩菲尔德的精密机械师，由于他们拥有特殊的技能和丰富的创造力，他带着他们一起踏上了他人生中最遥远的旅程，在杭州受到了隆重的接待，像一个来自野蛮的西方世界王侯似的客人。人们赏给了这四个面色苍白的英国人丝毯、华贵的服装和上面饰有微型绘画的漆盒装的茶叶，还有几乎透明的、在英国可以与黄金媲美的瓷器。他们四个人中没有一人懂得帝国的语言，既不会说，也不会写。然而，在此期间，他们之中任何一个人也没看见过皇帝，或者哪怕只是他的一个贴身卫士也罢。

尽管如此，江说道，天子日日夜夜每时每刻都伸出他的保护之手保佑他的客人。玩具，江真的说出了玩具这个词，这位皇帝不需要玩具。这时，他告诉考克斯，全部自动机械，即天狼星号货物闪亮的核心完好无损地存放在三桅帆船船舱的匣子和皮制的运输箱里。因为，只要这位皇帝未亲自第一眼看一看这些货物，并下令其他人可以自由观看，那么谁都不允许接触这些玩意儿，哪怕只是品头论足也不行。

然而，这位至高无上的天子则对他的客人抱有另外的打算，江说道，更宏伟的打算。他既不想购买，也不想交换，更不想拓展他的人造机械动物园。他好久以来已经厌烦了金属玩意儿：仅仅在过去五年里，就有两船货物，将近四十个通过东印度公司运来的自动机械运抵京城！足够了，早就足够了。不，这位皇帝只需要他们的脑袋。

我们的脑袋？考克斯惊愕地问道，顿时感觉背上不寒而栗。突然间，利物浦工作台上那个可怕的名人遗骨又浮现在他眼前。

他犹豫了好久，况且只是迫于到期债务的压力，为一个爱尔兰侯爵把它加工成了一个摆钟的心脏。那是当年英国的护国公和爱尔兰不共戴天的敌人，即奥利弗·克伦威尔的头骨。在杀死了成千上万的爱尔兰独立斗士、满门抄斩他们的家人以后，克伦威尔自己也失去了王室的宠爱，当然是在他去世之后，那腐烂的尸体被人从威斯敏斯特教堂挖出来，并以象征性的方式进行了处决。

人们将他的头骨穿在一根铁杆上，挂在威斯敏斯特教堂的墙顶帽盖上示众。闪闪发光的苍蝇围着那个面孔嗡嗡响，它在那里凝视着所有见证者的脑袋，因为他们见证了一种超越了死亡的皇家的残忍无情。直到有一天，一个考克斯永远都不会知道其名的爱尔兰侯爵让人偷走了头骨，使之变白，并把它送到一个秘密作坊，装到一个时钟里。这个时钟会以每分钟的节奏演示出英国统治不可抗拒地走向衰败和灭亡。

是的，你们的脑袋，江重复道，并向这位英国客人鞠了个躬。你们的大脑，你们的创造才能，你们的想象力，你们创造时间进程粉碎机的技能。

粉碎机？考克斯问道。

不，是计量时间流逝的时钟，翻译纠正了他的错误，举起双手打了一个道歉的手势，时钟、自动机械、计量仪器、机械装置……

就这样，由于暴风骤雨和强烈的东风及东南风影响了帆具和船体的修复工作，天狼星号停泊了三个星期后又启航朝着横滨驶去。船上装着用贵金属制作的闪闪发光的动物存货，这几乎是考克斯公司全部值钱的家当了。考克斯起初感到惊慌失措，对默林和两个助手阿拉姆·洛克沃德、巴尔德尔·布拉肖夫在杭州寥寥无几的生意颇为失望。他后来又燃起了希望，完成这位皇帝那些始终还莫名其妙的愿望，有可能赢得比去横滨出售天狼星号上的货物更大的利润。

那些金属精灵静静地卧在棉絮和鹿皮软垫上，依靠隐藏其中的无比精密的齿轮传动出它们的优雅和灵活，令每一个观察者叹为观止。它们也会在横滨或东印度公司得到许可的其他交易中展开它们的翅膀，或者点一点它们那银制的脑袋，从而找到买家。皇家海军部为天狼星号确定的使命最终不仅仅是满足中国皇帝的愿望，而且也要进一步考察太平洋沿岸海域的情况。

两年以后，最晚在后年秋天，天狼星号应该又停泊在杭州，把考克斯和他的同伴们接上船。到那时，他们也许成了腰缠万贯的富翁。

谁知道呢，雅各布·默林试图安慰这两个分别来自达特福德和恩菲尔德的帮手——由于迄今不景气的销售，他们感到忐忑不安。谁知道呢，也许吧，考克斯师傅恐怕会像悲痛的炼丹师一样，如愿以偿地把失去女儿之后所感受到的、使一切陷入瘫痪的痛苦转化为令人垂涎的黄金。

真的，在船队航行的这些日子里，考克斯目睹了许许多多的东西，这一切似乎在情绪好转的日子里打动了他。在用丝毯铺饰的客舱里，他投身于为一些旋转或展翅、上面镶着绿宝石或绿琥珀的创造物绘制草样，设计图纸，度过了一个又一个不眠之夜。

这条运河与一条静静流淌的河流没有什么两样，两岸土地肥沃，时而布满原始森林，时而水牛拉着小车和耕犁来回穿梭在稻田上。在十月下旬一个晴朗的日子里，有一队人从一座水城的城墙和防御塔那里来到河边，旌旗招展，一群大象满载着献祭品。这些身上抹着蜂蜜，撒满葵花子、瓜子和麦粒的大象属于濒临灭绝的中国象最后百十头中的一部分，江这样说。蜂蜜、葵花子和甜蜜的瓜子吸引来一群鸟儿，它们使得这些大象看上去就像长着无数翅膀的生灵。那一个个庞然大物仿佛会承载着献祭品的重负——满筐的水果和肉、香火、花圈，伴随着下一步而扶摇直上，飞向天空。

然后，又是一行又一行望不到尽头的粉红色的红鹳围绕着船队的航线，或者一个接连不断的挑水夫的队伍用扁担挑着晃来晃去的水桶，使得岸边的红土丘陵看上去就像是被一条人链移动着，呈现出缓慢的、听从季节变换的蓬蓬勃勃的景象……

无论考克斯望向哪儿，眼前无非是一个个机械运行的过程，一个个有条不紊的运动，一个个规划如一的全景。

然而，当船队终于在这年的第一个霜冻之日抵达北京时，考克斯似乎忘记了大运河航程中所目睹的各种图景，像一场梦，没有被任何文字和话语固定下来，醒来后片刻间都消失了。在大运河航行的日子里，最终会留在他的记忆中的，无非就是唯一的一个下午，看样子，仿佛从杭州到帝国这难以攻克的心脏的航程真的就仅仅持续了一个下午。而这个记忆关系到瞬间出现的一位姑娘，或一位夫人？一位少女般的夫人？

这是考克斯在那些帆船上看见过的唯一的一个女人。因为即使江说道，这位皇帝既会让一位夫人，无疑也会让三百位妃子陪伴他出游巡视，但是一个心爱之人的颜面，首先是一个皇后的颜面必然会受到保护，要免遭那有害的、加快衰老的太阳光的损伤，再说也不会暴露在那些好奇甚或渴望的目光前。女人们要么在船舱里休息，要么在吟诵诗歌，通过屏风和凉伞遮挡住一切目光和太阳，要么沉浸在云雾里的锣声中和月光下的管弦声中，或沉浸在无声无息的宁静和所有隐藏其中的鸟声水声中，聆听着大师们的音乐。她们让自己洋溢在芳香中等待着什么时候会被召唤到那个类似于上帝的天子床前，有些镇定自若，满怀期待；有些提心吊胆，暗怀憎恶。

在考克斯的眼里，出现在岸边小路上和田野里的农妇、卖水果的女人或洗衣妇，无非是些头戴着用稻草编织而成的宽边锥形草帽、没有性别区分的形象，是些模型，也许会用于一个银制水钟的全景。然而，当考克斯看见这个姑娘的刹那间，在他的内心里唤起了对艾比盖尔和她的母亲那样一种热切的怀念，怀念法耶，他的妻子，他日日夜夜深信不疑，只有再一次在船舷旁与这个稚气的女子会面才能抚慰他痛苦的心灵。

自从艾比盖尔死后，法耶再也没有说过一句话。她自己几乎还是一个孩子，比由于无比眷恋她而深受煎熬的考克斯小三十多岁。她在他们第一个也是唯一一个女儿临终的床前陷入了无语之中，仿佛她永远成了一个梦寐以求可现在已经死去的孩子的影子，要与她一起永远沉默下去。

法耶再也忍受不了同床，忍受不了触动，不回答任何问题，什么也不问，甚至连艾比盖尔的名字都不说，就想一个人待着，无论是她吃饭还是在花园里修剪四季青、玫瑰时，都想独自一人。她忍受不了有人陪着，即使她踏上漫长的自我逃避之路，像浓雾一样无影无踪地消失在一座每天都有女人消失——在妓院里，在地下室里，甚或在泰晤士河茫茫的波涛里——的城市，同样也一个人。

对考克斯来说，这样一个让人爱得痛心的人变成了一种前所未有的折磨。在他们共同生活的六年里，他日日夜夜那样深情地守候在她身旁，他甚至连自己的生意都慢慢地交给了雅各布·默林去打理。

虽然他抱着坚定的希望，在未来某一个夜晚的黑暗中，法耶又会回到他的身旁，在他的怀抱里静静地呢喃，静静地呼吸着。这时，他从那令人窒息的梦里醒过来——只是一个梦，恐怕只是一个梦而已。但中国使者送来的请帖也更加使他深信，在旅行期间，也许最好把法耶交给她好像认为是她唯一的止痛药——孤独一人，一种没有他的生活。

他考虑了几个月后，真的接受了邀请。当然，他不得不承认，事实上，他再也忍受不下去了，在一个不可弥合的深渊的彼岸眼睁睁地看着这个他人生中所遇到的最值得追求的人，只允许看着，而不允许拥抱，更不允许触摸。他想象着，当他踏上前往北京的旅程时，那个依然不可撕裂地将他与法耶连接在一起的纽带也许会绷起来，越绷越紧，这样就可以把这个沉默不语的心仪之人慢慢地拉到他身旁，把她从无语的深渊里、从黑洞洞的井底捞上来，或者把她从困在对他来说不可企及的什么地方拯救回来。

为这次中国之行需要做的最重要的准备，除了安排在他位于利物浦、曼彻斯特和伦敦的手工作坊里的长期委托工作之外，首先就是一个个明确的吩咐，人们怎样给他传递法耶归来的消息，传递到哪儿，还有其中一个个消息，她说的第一句话是什么，她用什么样的话语询问过他。而且他把一些密封的书信留在了鞋街。这些信物饱含着令人沉醉的渴望、爱慕和坚定不移的希望，应该用它们来欢迎法耶，无论什么时候，只要一个由祈祷或献祭而使之变得温柔的命运能让她重新回到他深爱的怀抱里。

法耶和艾比盖尔。

有一天，突然起了大风，船队在怒号声中穿过一片呈现为网状的、一望无垠的稻田，仿佛它们依靠其风帆的力量拖着一个巨大的耕犁穿过肥沃的大地，一次精确到方寸之间的调动会让一只帆船离开自己的位置，远远地退到后面，几乎到了船队的末尾。这时，那个姑娘突然出现在他的面前——她就站在那条从他身旁掠过、向后退去的帆船船舷旁——她直挺挺地站在那里，交叉着手臂支撑在栏杆扶手上，不时地注视着他。就在这一刻，回忆、影子、声音的浪涛在黑乎乎的河水里翻滚激荡，拖起考克斯逆着时针方向回到那个时代，回到灰蒙蒙一片中——在其中，失去的东西又变成了当下。

她身上裹着一件上面绣着竹叶的海蓝色大衣，用玻璃或水晶发卡把乌黑的秀发高高地盘在头顶上。当考克斯看见她紧紧地贴着自己的帆船闪过去时，她并没有垂下目光，要是两人此时此刻……此时此刻彼此伸出手臂，彼此指尖接触……不，距离想必会更大，毫无疑问会更大。然而，每当考克斯后来回想起这次相遇时，他总觉得更加接近这个稚气的女人了，最终如此接近，以至于他觉得，仿佛他能越过那条在下午的阳光下闪闪烁烁、在他们的下方缓缓流去的水带去拥抱她。

当然，他后来才会知道她的名字，那是在次年多雪的冬天，而且越过了一切威胁生命禁令的障碍。那些禁令保护她及其同类免受外国人的任何触摸。她叫安。

就在第一瞬间，他觉得安是法耶和艾比盖尔的化身。并非是她的外表长相像他的女儿或他的夫人，即使她的面目像一个欧洲女人那样狭小，而且她的眼睛呈现出浅绿色，宛若法耶和艾比盖尔的眼睛；她的秀发也是同样的黑色。然而，这样的联系并不存在于肤色或形态中，而是她的目光，那独特的举止，那双眼睛怎样注视着他，一张被吹起的风帆、河岸、缓缓地从身旁掠过的田野的辽阔好像映现在它们之中，看样子，仿佛这个女人只要一闭上眼睛，所有的映像、事物和生灵都会消失……是的，就是这么回事，一定是这么回事：仿佛这目光就是万物的本源，这个可见的世界每条未来的道路都会使你回归到这个不可忘却的本源。

谁能睁开这样一双眼睛，谁就会以此创造他所看到的一切，或者使之消失。如果这位中国皇帝要求与上帝平起平坐的话，那么这天下午从考克斯身旁掠过的身影就是一个仅仅依靠她的目光就可以创建一切并有可能又使之走向灭亡的优雅的女人图像——一个天上的神灵，就像妈祖，中国南海的女神。在过去几个星期的航海旅途中，考克斯在天狼星号船上听到过她的故事：一个变成永生的渔家姑娘，她能让整个船队沉没或使它们免遭沉没的厄运，甚至能让涂着焦油的船桅盛开鲜花。

艾比盖尔曾经这样注视着他。法耶曾经睁着这样一对闪烁着浅绿色光芒的眼睛注视着他，并且仅仅通过这种深不可测的目光把他，阿里斯特·考克斯，这个英国千古未有的闻名遐迩的自动机械制造师变成了她的心上人，变成了她的丈夫和她唯一一个女儿的父亲，甚至，变成了她的作品。在这目光里，闪烁着鸢尾花的色彩，犹如绿宝石中的包体。他有时候将这些包体做成那些机械玩意儿的眼睛。只要她一闭上眼睛或把目光从他身上移开，那他必然就会陷入灭亡的危险中。

三　紫禁城

百依百顺？阿里斯特·考克斯对他的妻子百依百顺吗？法耶从来没有把自己的意志强加给他，也不要求他做什么，无论怎么说，她对考克斯白天夜晚不管什么时候跟她在一起时所拼命渴望的东西也没有什么要求。法耶不愿意让他亲吻她，也不愿意让他搂在怀里，更不愿意让他扒去她身上的衣服，将她压在身下，就像野兽肆无忌惮地纠缠着到手的猎物一样……她不愿意，从来都不愿意让他呻吟着在自己身上缠绕，直到她被折腾到愤怒、痛苦和恶心，感觉到他的精子深深地触及她的深处，喷射在她最隐秘的地方，然后像一种无形的、黏糊糊的小害虫从中爬出来，弄脏她的大腿和床单。

这个男人折磨她，又爱慕她；他一而再、再而三地折磨她，又一而再、再而三地低声恳求原谅。尽管如此，只要一看到他那闪闪发光的机械玩意儿，她就对这个男人充满敬佩之情，有时候甚至会对他产生某种感觉。为此，她不知道说什么别的话，只有爱这个词。

法耶刚过完她的十七岁生日三天后，就在一个小教堂里变成了父亲雇主的妻子。当时，小教堂里闪烁着数百根蜡烛，像一只淹没在白菊花、白丁香和白玫瑰汇成的花海里的航船。她是一个虔诚的纺织女工和一个失去了一条腿的利物浦银匠五个孩子中的长女。银匠身为残疾人，为能在考克斯公司的手工作坊里找到一份工作感到很自豪。当他们向她宣布结婚日是她迄今人生最幸福的一天时，无论是她的父母还是她的未婚夫都没有问过她的意愿。

当法耶还是个小孩，趿着她的草拖鞋摇摇晃晃地学走路时，考克斯就把她高高地举起来，让她从举起的手臂高处落下来，随之又高兴地把这个在兴致勃勃的飞翔瞬间不断欢呼的小姑娘接住，搂在怀里，亲吻她的额头。考克斯每每在他利物浦的手工作坊里从精密机械师和银匠的车床旁走过时，都会看一看心爱的法耶在不在。在作坊里，他提出各种问题，下达各种指示，时而也和那些享有特权的工人的孩子玩一玩，因为一到冬天，他们可以携家带口进入有煤火盆取暖的工房里。

即使法耶后来几乎连一次这样短暂的自由飞翔都回忆不起来，但有一种模模糊糊的感觉确实留在了她对早年那些岁月的记忆里，这个男人使一些不可能的事情变成了可能——比如，飞翔！飞翔！比如，展翅飞翔的银鸟；叽叽喳喳鸣叫的金属、歌唱的金属；没有生命的材料焕发出了生命。

结婚以后，法耶搬到了伦敦鞋街那个她曾经光顾过的无比敞亮和奢华的房间里。在他们婚姻的第一个年头里，她曾两次提着丈夫准备好的礼物篮子看望自己的父母。与此同时，她每次都在午餐桌上泪流满面。这时，母亲把手搭在法耶握着汤匙的拳头上安慰她，而父亲则骂她是一个不知好歹的公主。该死的！对一个没有教养的利物浦红鼻子小女孩来说，一个偶然且无疑超越了怜悯的命运把你变成了一个像阿里斯特·考克斯这样的大师的妻子，难道还会有比此更大的幸福吗？

有时候，考克斯能够如愿地克制住对这个少女般妻子身体的欲望。比如在一个秋日的夜晚，壁炉里燃烧着大块的山毛榉劈柴，闪闪烁烁的火星不时地蹦到客厅暗淡的光亮里，红酒在一个大腹玻璃瓶里闪烁，犹如液状的石榴，考克斯给她讲解一只银鸥是怎样扇动着金属翅膀飞翔的。这时，法耶真的又会变成一个天真活泼的孩子，就像当年在利物浦的车床旁一样，对这个男人崇拜得五体投地。而当她几乎还不到一个钟头后听到考克斯在黑暗中唉声叹气地脱光衣服，然后要上床钻进她的被窝里时，她便低声冲着自己的枕头，像咒语一样说着她从母亲那里听来的话：一个好心肠。一个好男人。他心眼好。

就在他们婚姻的第一个年头里，艾比盖尔的出生甚至使她有一阵子憧憬着一种隐藏在未来的幸福，无论如何使她抱有希望，只要分娩时的会阴破裂能够使她免遭丈夫色欲的伤害，并且在她身体恢复之后，他也会比在生下女儿之前那一个个夜晚更加小心翼翼地接近她，那就是福分了。她的身体迟早会恢复的，既不可能久久地拖延下去，也不可能久久地隐瞒起来。因为在一个樱桃木做的、这个早产的小家伙几乎消失在其中的摇篮旁，考克斯开始产生了一种动人心魄的感觉，这似乎比他的欲望更加强大，甚至比他对所有机械装置的热情都更加强烈。就这样，艾比盖尔，他的第一个，也是唯一一个爱得胜过一切的女儿，尚在她会说出一句话或只是她的父母亲的名字之前，便在考克斯与法耶之间架起了一座桥梁，弥合了一种持续了五年之久的共同生活的深渊，直到百日咳瞬间彻底斩断了这种联系。考克斯从此迷失在悲痛、渴望和绝望中，而法耶却一如既往地沉默下去。

十一月末一个冰冷而晴朗的日子里，船队抵达北京，在铺着金黄色锦缎的堤道映衬下，路旁已经落光了叶子的树木闪闪发光。堤道直通这个世界上最大的、白霜笼罩的城市的核心。数百面丝质旌旗迎风招展，轿子队伍浩浩荡荡，抬着天子朝着他的宫殿前进。真奇怪，在这一天，考克斯居然会感受到帝国这个无比神秘、对绝大多数臣仆而言难以企及的地方是那样令人欣慰，甚至有几分亲切，不同于迄今旅程中任何一个停留的目的地。这个地方叫紫禁城，皇帝的紫禁城，名副其实的紫禁城。

因为，紫禁城无比开阔，宫殿与楼台亭阁错落有致，金色的屋顶翘着长长的尾巴，一座座建筑彼此呈现出完美的对称，它们个个都有悦耳动听的名字，诸如坤宁宫、交泰殿、养心殿、畅音阁……那一条条道路规划得非常精密，犹如用直尺画上去似的。每个住在紫禁城里的人都必须按照自己的身份等级，严格地走在各自的通道上，仿佛移动在一张铺展在所有宽大庭院里的巨大裁片图样上；谁要是离开为他指定的道路，哪怕只偏离一步，那他就会倒霉的。太阳钟、沙钟和水钟报告着白天和夜晚必须走进或离开宫殿、庭院和花园的时辰。宫廷卫队那些不计其数、按照历法顺序规定的礼仪、操练和莫名其妙的演习似乎会帮助像考克斯这样一个迷失在种种感情和爱好中的人走出迷茫和混乱，回到一个颠扑不破的世界秩序里，并这样进入一种平静的生活中。

尽管在紫禁城里，有成群结队的奴仆和侍从，其中包括三千多与自己命运抗争的太监，他们可以被视为见证者。这里既没有为这个英国客人打开一个天下太平的盛世，也没有为他打开一个尘世和谐的天地，但考克斯等到了他抵达的这一天，就像一个人抵达他的目的地一样。

考克斯终于离开了他的帆船和那桅杆林立的场面，乘坐轿子向紫禁城的位置摇来晃去。这时，那折磨人的忐忑不安又一次袭上他的心头。到了看上去荒芜多石的一个地带，一个广场，城市的生机甚或粉尘被横扫一空，他不得不告别默林和两个帮手。恰在这时，他忐忑不安的心灵才平静下来。

只有师傅一人可以住进紫禁城一间客房里。在那犹如用鲜血涂抹、高高耸立的城墙前，有一座房子供他的助手们居住。只有考克斯师傅，江说道，可以尽可能近地靠近至高无上的天子的思想，像高高在上的神灵一样，也可以在同样的苍穹下度过他的每一个夜晚。几个帮手每天早上由卫队护送，穿过紫禁城西门，前往师傅的工作地，晚上又从工作台旁被护送回下榻的地方。

难道像囚犯一样？默林问道。

像受到悉心照料、多方保护和非常尊重的客人一样，江边说边鞠躬致意。

而你呢？默林转向考克斯问道。

我在这里等着你们，考克斯说道，天天如此。像在利物浦一样，像在伦敦一样。一如既往，天天如此。

他的轿子穿过天安门，经过一个由宫廷卫士排成三行的欢迎队列，被抬进前院，来到一片回声缭绕的白茫茫的空地上。这时，考克斯心想，在这难以攻克的围墙里，无论在什么地方，他会不会又碰到那个他在船舷旁看到缓缓飘去、无比温柔的稚气女子呢？他既没有与他的助手们，也没有与江说过在皇家运河航行中的邂逅，因为有一种预感提醒他，哪怕只是心里渴望看见皇帝身边的一个女人，也会招来天大的不幸。然而，正当宫廷卫士那一张张冷漠的面孔从他的轿子旁一闪而过时，对船舷旁那个身影的回忆却变得不可抗拒，并且与一种短暂的幸福感息息相关。这个图像毕竟也隐含着某些法耶相貌的美丽和艾比盖尔的可爱。随之，考克斯的目光落到卫队的武器上，落到亮闪闪的剑刃、锋利的战斧和豹尾似的红缨在上面晃来晃去的长矛上，落到用闪闪发光的玉器和赤金装饰的盔甲上，他禁不住又打起了冷战。

紫色的皇宫呈现出富丽堂皇、空无人烟和铺满砖石的广袤，一片充满敬畏与崇敬的开阔地域将它围成一个孤岛，坐落在一个沸腾的都市中心，考克斯为之感到震惊。十一月的这一天，江领着他看了看那间奢华的、只会供他单独居住的客房。他也看到了建在旁边的工作坊，为此他更加心潮澎湃：那是他在伦敦工作室的翻版！一个与他在鞋街的工作地一模一样的房子。当他跪在艾比盖尔的棺材前，绝望中让乾隆的两个使者等了又等时，想必他们趁机绘制了草图，甚或丈量了尺寸。这房子准保是按照他们的图纸建造和装饰的。他也会在这里找到他和法耶的卧榻吗？还有艾比盖尔的棺材？

模仿建造的？江说道，他对此一无所知。而事实上，这房子配有竹园和一个莲花池，池子里面镶嵌着长有苔藓的石头，其余部分那样陌生，又那样迷人的美妙，这个英国的造访者简直难以想象，这就是他作为中国皇帝的客人的下榻之地。

可几个助手呢？考克斯问道，他们在宫墙之外住得怎样？离得远吗？

就在附近，江说道，虽说不是近在咫尺，但也相距不远。而他们的房子只是没有莲花，也没有涟漪荡漾的池塘。

然而，考克斯已经再也听不进这话了。他从一个糊着深红色壁纸的厅房走出来，穿过一扇宽敞的、上面画着猎杀老虎情景的大门，回到工作坊里，站在一台无疑来自英国的车床旁，想念着艾比盖尔。如果在这作坊里期待他做的不是某些完全不同的东西的话，那么他就要为艾比盖尔制作一个从未见过的自动机械，一条能吐雾喷火的大龙，或者一个蜗牛，就像他在外面院子一个基座上看到的那个一样，一米多高，镀金青铜。

艾比盖尔在鞋街旁的玫瑰丛下面捡到了一些蜗牛壳，涂上颜色，保存在法耶送给她的一个首饰盒里。是的，他将会让一个巨大的蜗牛爬过皇宫的地板和墙壁，而且它会在身后留下一道银白色的印记，让全体朝臣惊讶不已，就像中国的皇帝让人看不见的事实令他惊讶不已一样。

然而，第二天，在四个侍卫和一个太监的陪同下，江领着这位英国客人穿过紫禁城那些允许客人进入的为数不多的巷子和通道——这样做首先是为了让他看看那不计其数的、永远不允许逾越的界限。考克斯获悉，可以独一无二地、自由自在地活动在这错综交织的、看不见的界限里的人只有皇帝。他不再思考蜗牛，不再思考大龙，也不再思考自动机械，这位皇帝毕竟不需要玩具，而是希望得到一个时钟，也许是一个时钟，不然的话，他为什么要把一个来自英国的师傅召唤到紫禁城里呢？

考克斯觉得弄明白了，一个个宽阔的庭院和错落有致的建筑艺术，一条条人工排水管道，一座座平缓的石桥和一个个几乎要飞起来的平台，这一切都是按照星象规则和比例测量而建造的。一种按照脉搏、呼吸和下跪规则运行的宫廷生活所包含的东西，就如同一个镂刻的壳体安装上一个时钟的齿轮组。转完一圈后，他觉得所看到的，事实上就像是巨大而冷漠的、不是靠发条和钟摆而是靠一颗看不见的心在运行的钟表机构，靠一种无处不在的力量，没有这个力量，不仅这个时钟，而且时间本身也会停止——这就是乾隆。

一个时钟。就是说，他要给这位皇帝献上一个时钟；他要和默林以及两个帮手在这深宫里制造它；他要把时钟的齿轮组装在一个蜗牛、龙或虎形外壳里，其制造材料一定要经久耐用，要超过千万年，一只用白金、玻璃、黄金和大马士革钢制成的不可摧毁的动物。它不仅测量时间，而且吞噬时间。

在天安门前分离这天，默林和两个帮手惴惴不安甚至有点恐惧地告别了考克斯。可就在第二天上午，他们在身披盔甲的卫队护送下又兴奋地回到师傅身边，来到配备着大壁炉和搪瓷火盆取暖的工作坊里。事实上，安排他们居住的房子看上去布置得跟师傅的房子一样舒适。自从天气变得寒冷以来，那里五个房间个个都有煤火盆，并且由两个太监专门照看。而这里的工作坊用一种燃烧无烟和散发出一种不可名状的香气的木炭取暖，比冬天里任何时候在利物浦或伦敦工作坊的车床旁都更加暖意浓浓。

啊，原来如此，师傅的院子里有一个莲花池和玫瑰丛，鸟语花香，而同伴们的房子围着一个用木雕装饰的采光井，其中有一口井会发出潺潺的水声。他们中没有一个人，也包括默林，住过这样一个豪华的地方。

在这里，我们千万要留意，银匠洛克沃德说道，别让时间太快地逝去，别让美梦立刻成为过去。精密机械师布拉肖夫，也就是另一个帮手随声附和他的朋友说：与英国相比，这里简直就是天堂啊！

难道考克斯公司亏待了你们吗？默林边问边递给考克斯一张城市地图，上面画着弯弯曲曲的红线，标着他们每天从帮手们的房间穿过紫禁城西门来到工作坊上班的道路。

原来如此？难道考克斯公司曾经亏待了你们？

银匠洛克沃德和精密机械师布拉肖夫的兴奋劲儿好像已经烟消云散了。两人再也笑不出声来，羞愧地望着地面，那里有一群蚂蚁十分艰辛地试图把一只铅灰色的夜蛾子拖进它们的洞穴里，变成它们的食物。夜蛾子还在精疲力竭、毫无希望地进行反抗。

蚁群还有一段漫长的路要走，因为涂着漆的地面光亮如镜，不知在什么地方有一个可以进入地下世界的入口。

四　万岁爷

在这个年头里，雪下得很早。鹅毛般的雪片从天空飘落下来，令紫禁城里几个司祭感到恐惧，因为他们从中看到了一种不祥的征兆。尽管宫廷的占星学家为一个十二岁的皇子所谱写的歌剧在露天演出时向皇帝预报了阳光明媚风和日丽的日子，而且花园里的月季花依然在争艳，但这天早上，西风却突然转成了北风。接着，开始下起了令人毛骨悚然的大雪。起初，雪片只是零零星星地在天空上翩翩飞舞，犹如来自一个遥远季节的迷失者，后来越下越密，最终形成了目光再也看不透的暴风雪。大街小巷、平台广场、亭阁宫殿都消失在茫茫雪海里。

几乎不到一个钟头，大雪像开始时一样，又出乎意料地减弱了。这时，紫禁城笼罩在一片白雪皑皑的冰冷中，不仅所有的色彩在其中变得苍白，而且一个个声音和喧哗似乎也被窒息了。一种什么样的宁静啊！在这宁静中，太阳此刻又照耀在被大雪覆盖的宫殿屋顶上，使得晶莹剔透的雪片结晶和被融化的雪水冲洗过的金色屋顶闪闪发光。

据说几个星期后，京城里出现了一个矛盾重重的传言，人们先是在紫禁城里，最终又在北京的大街小巷里议论纷纷、传来传去，始作俑者正是那些占星学家，八面威风的占星学家！他们通过给焰火装满银盐，以此轰击了一片积聚在燕山山脉高山峻岭前数天之久的云层，以抵抗这种对他们的天气预报咄咄逼人的攻势。这种天女散花似的、高高地冲向云霄的银盐要打散一片片拳头状的云团，让雨水、冰雹和雪片或者其中包含的无论什么东西哗哗地、密集地或翩翩飞舞般地降落在远离这座城市的地方。

然而，就像受到那些发出爆炸声、苍白得如同密密麻麻地画在天空上的焰火力量的吸引，突然刮起了一阵狂风，汇入爆炸从燕山山脉的岩壁和深谷里传出来的回音中。狂风使得阵雪在高高的天空上不断飞舞，运载着它们，直飘到紫禁城上方的天空，然后在那儿最终脱去了晶莹剔透的外衣，纷纷扬扬地飘落下来。

在暴风雪来临之前，考克斯甚至看见了一道横跨在紫禁城屋顶上方的彩虹，他心想，伴随着晴空上这样的颜色游戏，可以观察到一个仅限于北京地理纬度的气候现象。然而，突然有一股冰冷的寒流先于暴风雪席卷而来，于是他又退到房子的壁炉前。当天气又放晴，一轮冰冷的太阳照耀时，考克斯走出房子，惊讶地看到了一座银光闪闪的城市，一个个银光闪闪的屋顶，一个个银光闪闪、耀眼夺目、没有任何痕迹的庭院。

在接下来的几天里，雅各布·默林、阿拉姆·洛克沃德和巴尔德尔·布拉肖夫每天早上都在沉默的侍卫陪同下来到师傅的房子里上班，晚上又被护送回家。考克斯似乎从来没有回答过他们的问题，在惬意的温暖中，他们在各自的车床旁到底要干什么呢？那些宝贝和亮锃锃的自动机械漂洋过海，行程万里从英国运过来，要送给中国的皇帝，却早已被拒绝了，并且被不假思索地留在了天狼星号的船舱里，漂流在大海上，在横滨才有可能找到买主。

这些日子始终阳光明媚，天气却变得多风和冰冷。据说，皇帝把这场雪解释为一种预兆，那位谱曲的皇子会借机利用他绝对的天赋，进一步完善他的歌剧，推迟演出，使之达到尽善尽美的地步。也许正因为如此，他暂且放弃了惩罚那些占星学家。这些人再也不敢预报天气了，并且跪在地上请求一位权位高贵的朝臣宽容：当天空阴云密布，笼罩在秋日的夜雾中时，星象是不可解释的。

在阴面的庭院里，积雪只是慢慢地消去。从屋顶上的龙头状吐水嘴里，仅仅在中午时刻滴滴答答地掉下融化的雪水。而到了下午早些时分，水眼又变得无声无息了。

在一种透过工作坊的窗户照射进来的、暖融融的白色的冬日光芒里，按照雅各布·默林的吩咐，他们把装在海员箱箱柜柜里带来的自动机械、钟表制造材料和工具整齐地码放起来，分门别类，准备就绪，只等待着皇帝下达任务。可是连江也只能猜测，任务会是干什么，因为从皇帝周围还没有传来任何信息。深沉的宁静笼罩在皇帝周围，似乎由于占星学家们的恐惧变得更加令人捉摸不透。他们担心，由于错误地预报了天气，说不准什么时候还会遭殃。

这位皇帝喜欢无风、干燥和晴朗的天气，因为他要在花园里，无论如何在自由的天空下聆听剧团的歌唱声。只有在那里，他才能够在欣赏歌剧那引起轰动的表演的同时，也会观察到云彩的移动；当歌唱声停止几个节拍时，他也会听到风在月季叶子里飒飒响动，竹叶在低声细语，这是一种屈从于人的表现意志的、荒野赋予的象征性音乐。

然而，在久久地等待着那符合他爱好的天气状况时，皇帝也许忘记了他的宽容，便把这些令人讨厌的天气状况归咎于占星学家。一个喜欢风平浪静和云彩欢快移动的天子不能撕开那片笼罩在皇宫上方阴云密布的天空，并且将它的碎片撒向四面八方，这难道不令人愤怒吗？但是，愤怒会要求必须承担责任的人付出代价，要求负有罪责的人承担后果。占星家们为之心惊胆战。

圣上喜欢什么，鄙夷或蔑视什么，约塞夫·江越来越多地在私下告诉了英国客人。江传递和翻译了朝臣们暗地里的纷纷议论。然而，真的期待着这位来自英国的师傅干什么，似乎连那些最喜欢背后传话的人都觉得是个天大的秘密。难道乾隆失去了对英国客人技能的兴趣吗？或者干脆就把他们忘到九霄云外了？说到底，这位天地的主宰必然会承载着世界的重担穿越时间，同时也要思考着一连串无穷无尽的问题，因此会从他的记忆里忘却千军万马。

但是，考克斯似乎并没有表现出忐忑不安的样子。是的，在同伴们的眼里，他看上去那样自信，没有一丝一毫的怀疑，仿佛他心知肚明，乾隆希望他、希望他们所有人做什么；他在等待着许可，不仅与自己本人，也要与别的什么人来谈论此事：你是在跟我说话吗？你是在跟我们说话吗？考克斯并没有给予回答。当两个帮手认为没有人留意他们，彼此目光不期而遇时，这个或那个就会轻轻地叩击自己的额头：他真的发疯了。

约塞夫·江也不知疲倦地为这位英国客人即将觐见皇帝做着准备，给他演示必要的施下跪礼的方式和次数以及额头接触地面的动作，万一觐见要在太和殿举行时，还要用皮带把毡垫捆在膝盖上，免得膝盖受到寒冻和冰冷地面的伤害。太和殿属于七大宫殿之一，是皇帝用来接见臣仆的。

在这个时刻，考克斯要穿上一件红长袍，像个朝臣一样，这样一来，也不会让人看到毡垫的蛛丝马迹。对每个施下跪礼的地位尊贵的臣仆来说，毡垫是习以为常的减缓痛苦的手段。是的，身上不许出现任何黄色的东西！江说道，不许出现任何金黄的东西，一丝一毫都不许，身上不许穿戴一丝一毫哪怕只会让人想到那唯独归皇帝所有的颜色的东西。毕竟太阳也是独一无二地闪耀着这样的颜色，而它周围的星星中没有一个如此。

那么月亮呢？

啊哈，即使月亮有时候在夜空里闪现出金黄的光芒，那毕竟不过是太阳的反光装扮了它，就像圣上对待他的臣仆一样，太阳在最黑暗的时刻让月亮借用了它的一些光芒。

万岁爷，江说道，当皇帝要提问到他时，这是考克斯施下跪礼时必须使用的称呼。朝廷负责觐见礼仪的官员就是这样规定的。万岁爷。紫禁城的三千太监也这样称呼他们的主宰：万岁爷，即使他们从来都没有见过他的面；万岁爷，即使他们只是暗地议论他，或者梦想得到他的恩赐。

考克斯吩咐助手们用在英国压轧的各种型号与强度的钢板裁剪齿轮、摆轮和发条，让他们锉的锉，锯的锯，抛光的抛光……无论面临的觐见会产生什么结果，他似乎对任何任务都不会感到诧异。然而，助手们看到各种各样大大小小的时钟的组件日益堆积，暗暗地认为这无非是一个信号，而他自己并不知道要给自己和同伴们安排什么样的工作。江告诫大家要有耐心：即使圣上最值得信赖的人也捉摸不透圣上的愿望和想法，因为一个让人可以预见的统治者会多么容易变成一场阴谋或诡计的玩偶。

难道他最值得信赖的人也捉摸不透他？他有可信赖的人吗？默林问道。这时，考克斯的目光扫视过工作坊南窗前一片孤零零的雪地。雪面上没有一点痕迹。

幕僚们，江又纠正道，他的幕僚们。在这个世界的顶尖，哪里还会有可信赖的人立足之地呢。

考克斯靠近窗前，看见从一道墙的阴影里走出一队轿子。江说过，那道墙后面就是西宫。每顶轿子都像一只小船，宛若一艘豪华的小游艇。

十二、十四、十六……考克斯一一地数着轿子，一个金光闪闪的船队，它依靠抬轿人的一双双手摇晃着穿过那未被触动过的洁白雪地。从土灰色的长罩衣可以看出，抬轿人都是太监。尽管轿子队伍快步地穿过庭院和雪地，朝着一扇用金刺防卫的、通向紫禁城内区的大门移去，但它却没有依照那条端直和最短的路线，而是遵循一个也许只有那个走在前面的太监所熟悉的规矩，绕了一个弯，穿过那耀眼夺目的光芒。

有可能，这条太监们踏进雪地的弯路是一条由占星学家们所指定的弯路，这样必然会避开一个看不见的魔鬼所设下的层层陷阱。也许这条弯路也不过是一个信号，在紫禁城里，直路、最端直和似乎最短的路绝大多数是一条通向灭亡之路。

轿子队伍的后半部分依然摇晃在那面墙投下的阴影里，而前半部分已经穿过了雪地。这时，随着一声尖叫，队伍停下来了。第四个轿子有个轿夫跌倒了，他蜷缩着身子跪在雪地上，用手臂紧紧地抱着胸口，仿佛要保护自己的肺或心脏千万可别爆裂似的。与此同时，轿子像一只搁浅的小船，歪歪扭扭地倒在地上。

考克斯心想，想必这人是因为劳累过度要呕吐，轿子那闪闪发光的奢华无疑比任何坐轿都沉重。可是他后来却看到，这人嘴里喷出一股又一股鲜血，并且听到了模模糊糊的喘息和号叫的声音，即使离得好远，即使隔着工作坊关闭的窗户。那个跪在地上的人面前的雪地顿时染成了红色，深红色。

接着，这个跌倒的人一头栽倒在地，面目朝下，正好埋入那鲜血印记里，他没有松开那紧紧抱着的手臂，就那样一动不动地趴在那里，就像倒下时的样子。这个小游艇队伍也呆呆地守在一种无声无息的停滞中。打头的三顶轿子的轿夫和引路的太监还继续向前走了几步，然后才听到那疯狂的咳嗽声。他们回头一看，也惊得呆若木鸡。

在队伍短短的前半部分与长长的后半部分之间所出现的空缺，仿佛因为雪地上的斑斑血迹而变成了一个令人恐惧的空间，对所有后来的人而言是不可涉足的禁地。因为，在轿夫们之中，在看不见的坐轿人之中，有谁敢冒天下之大不韪，离开一条精确到方寸的规定路线，去帮助一个行将死亡的人呢？

虽然默林、江和两个帮手沉浸在他们的谈话里，既没有听到也没有看到在工作坊窗前那宽阔的庭院里发生了什么事，但是至少江无疑从反映在这位英国师傅的表情上看到了些许不妙。他们一个接一个来到考克斯身旁的窗前，江是第一个，几个沉默不语的见证者，他们望着那呆呆地停滞在雪地上的轿子队伍，望着那个倒在斑斑血迹里的轿夫，望着那不知所措呆若木鸡的小游艇队。

只有考克斯的目光看得更远，远多了。他被眼前一只纤细的、几乎孩童般的手迷住了，这只手出现在一面紫红色的轿帘皱褶之间，正准备向后拉开帘子，一只女人的手。那是斑斑血迹后面的第二顶轿子。也许这个坐轿的女人是想从那散发着香气和昏暗的惬意中向外瞥一眼，看看一个仆人那笼罩在耀眼夺目的光芒中的生命，而此刻看到的却是他的死亡。也许她的另一只尚看不见的手已经抓住球形把手，要打开小游艇的门。也许她会走出轿子，踏上结成冰的雪地，去帮助那个一动不动地躺在雪地上的人，或者至少打破这个队伍的魔咒，叫人来救助。

好奇怪，考克斯无动于衷地关注了发生在窗前的事情，无非就像是一场演出，不过是表演了一个轿夫的死亡而已。此时此刻触动他的东西，才具有现实的力量。那只手……那只手和那两块宝石。两块宝石给纤细的中指和无名指蒙上了洁白的光芒，弥漫出非同凡响的魅力和明净：一个也许是透射出白色的黄玉，上面印着银色的金红石阴影线；另一个是一块未打磨的钻石，它就像一块镶嵌在白金中的方块糖熠熠生辉。一种多么奇异独特的饰物。尽管在他的工作台上曾经有一堆又一堆装饰宝石滚来滚去，但是他已经看到了那迥然不同的闪烁，在皇家运河上，在那条帆船的船舷上。他确信，这只手只能属于那个女人，只能属于那个姑娘。在大运河的航行中，她从他身旁一闪而过，像一个守门神似的幽灵，不禁使他回想起沉默不语的妻子和失去的女儿。这个半是女儿半是值得爱慕的妻子的幽灵此刻真的会下了轿子，并且把身子俯在那个一动不动的轿夫上方吗？她同时也许会感觉到这透过作坊窗户的目光，也就是他的目光吗？她会一边把脚踩到雪地上，一边将身子转向他吗？

然后，仿佛此刻真的只是结束了演出的一幕，一个上面画着莲花叶子的百叶窗唰唰地落下来，遮挡在窗前；刺绣的花朵、翠鸟、芦苇和飘浮的云彩替代了外面那冬日的景象：约塞夫·江松开了百叶窗的铰链，无论在窗前还会看到什么，都避开了从工作坊里投出去的所有目光。

在紫禁城里，江说道，在圣上的皇宫里，只允许看到可以看得见的东西。是的，只允许看到朝廷的法令恩准你的眼睛可以看到的东西。然而，一切出乎意料的东西，一切未预见到的东西，都必须要那样久地避开一个局外人的目光，更何况一个外国人的目光，一定要等到那些相关的朝臣按照天子的意志向你宣布事情是可见的。

小心！千万小心！据说发生过这样的事，就在冒犯的当天，被禁止的目光受到了惩罚，被戳瞎了眼睛：要么用一把张开的双尖剪刀捅进两个眼球，其刃口能适合帝国任何臣仆的面孔；要么用炙热的匕首利刃紧贴着瞳孔划过，让眼球沸腾起来；要么用熔化的铅水，刽子手将它像涓涓细流似的灌进受刑者的眼眶里。

有人跌倒在雪地里，倒在他们不堪忍受的重负下，考克斯说道，眼睁睁地看着他死去。难道在紫禁城里禁止人们目睹生命的厄运吗？难道一个跌倒的仆人禁止让人目睹吗？

他很难看出是不是有人跌倒了，外面那儿发生了什么事，江说道。但是，不管怎么说，这些英国客人要相信他：那样做的后果只会伤害他们的眼睛。

这天黄昏时分，考克斯又拉开百叶窗。助手们已经离他而去，江也走了。这时，那个庭院又展现在他眼前，宽大而空空如也，连雪地也消失了，仿佛白天发生的一切压根儿就没有发生过，或者只是清除了这个事件的一切痕迹和对此的回忆，使之变得不可见而已。这天深夜，考克斯徒劳地试图继续写一篇日记，有朝一日要念给法耶听。之后，他躺在一个上面画着星象图的枕头上，辗转反侧。此时此刻，只要他闭上眼睛，就会看到法耶和艾比盖尔的面容和那个姑娘，也就是船舷上那个女人的面容，她们三人相互流动，彼此交织，时隐时现。

万岁爷。宛若一个冲着那一张张飘走的、逝去的面孔的魔咒，考克斯开始重复着这个必要的称呼。江给他推荐了这样的练习，并且用一种慢节奏的舞蹈进行了演示。在圣上面前，考克斯必须施下跪礼，连权位显赫的朝臣也不例外，必须额头触及地面，挺身——接连三次，要感受到额头触及冰冷的地面达三次呼吸之久，感受到尘埃飞起。圣上会让一切和每个不符合他的意向的人变为尘埃。

万岁爷。考克斯先是低声说着万岁爷这个名称，然后变得越来越疲惫，他默想着，什么都不想，犹如在童年一样，当他难以入眠时，他就默默地数着家燕，它们扶摇直上，在一片几乎梦境般的天空上追逐嬉戏……而他以为自己徜徉在一片耀眼的燕子天空里。这时，他感到有一只手搭在他的肩膀上，那是江。黑洞洞的，冷冰冰的。火盆已经熄灭了。在卧室的窗户上，星星闪闪烁烁。他还从来没有看到过这样的情景。那是临近清晨时分，黎明前的黑暗。

万岁爷。

醒来吧，考克斯师傅，江说道。当这个睡眼蒙眬的人翻过身去，时刻又会陷入梦乡时，江便重复道：醒来吧，考克斯师傅，万岁爷要召见你们了。

五　时间——一个人

此时此刻，他自己摇晃在一个轿子里穿过黑暗。他觉得昨天那个小游艇队伍绕了一段很长的弯路，穿过那片雪地和一个个空空如也的庭院，追随着他的一个个梦境，最终要在那里赶上他，接纳他，并且将他抬回到这黑洞洞的清晨现实中。

在一个用丝绸装饰起来的狭小空间里，考克斯坐在江的身旁。他开始浑身打战，感觉某种东西在他的心里蔓延，不可阻挡地变得越来越强大。这无疑就是恐惧。说到底，仅仅知道一个人的权力是一码事，他能拥有生杀大权，而任何时候都不会受到异议的阻碍；而另一码事就是要面对这个人，而且要在他面前施下跪礼。

好奇怪，在伦敦，两个使者的一次次言谈有礼有节，行为举止风度翩翩，中国的皇帝曾经是一个光芒四射的形象、一个魅力无比的形象、一个十分诱人的形象。而现在，他的心里只有一个看不见的天子形象，一个钟情于钟表和自动机械的暴君的形象，他只能听命于他的意志和喜怒哀乐。他只要说一句话，甚至只需点点头，考克斯就会人头落地，而他恐怕也只有在被行刑时才会明白其中的奥秘。

过了一阵，在江的一再催促下，考克斯才从睡意蒙眬中回到了他那仅仅用一个米黄色的灯笼照明的卧室里，才慢慢地清醒过来，事情现在真的要发生了。他为之扬帆航行了半个世界，他和他的同伴们即使到达了他们旅程的目的地后还要为之徒劳地等待好久。

一个人，世界的主宰、圣上、至高无上的天子和万岁爷，他有这么多的、不计其数的、各种各样的称号和名字，他让自己高不可及地凌驾于人类之上。他会把一个愿望摆在考克斯面前。考克斯要么能够实现这个愿望，要么因此身败名裂，也许命归西天。因为，无论一个世界的主宰和尘世的天子有什么愿望，那就是圣旨，容不得任何迟疑，也容不得失败。

考克斯试图把轿帘推到一旁。然而，那种用银线交织的布料很厚实，像壁毯似的，而且用装饰钉固定着，钉头上刻着老虎或豹子的图样。这样遮挡视线，会让你看不见坐轿人，但同样也会使坐轿人看不到何去何从。这种遮挡也许要费一番力气才能撕开或剪断，但不使狠劲是无法打开的。

我们要被抬到哪儿去呢？考克斯问道，一心期待着听到那样一个要去觐见的宫殿的名称。江曾经怀着敬畏的兴奋之情向他描述了它们的奢华。

去哪儿？江说道，你应该心里明白啊，人家送我们去觐见他。

江和一个考克斯之前从未见过的陪同一起把这位英国客人的卧室变成了更衣室，也把皇帝的这位客人变成了朝臣：瞧瞧吧，考克斯必须穿上这件珍贵的、镶着白皮边和袖子宽大垂挂的红长袍以及缀有月长石的丝靴子。他的头发涂上了一种散发出芳香的发油，整整齐齐地梳向脑后。就这样，无论你坐在或站在他的对面，至少可以让人猜想他的背后垂着一条长辫子。他的脖子、他的双手都抹上了香水，他的膝盖也用毡垫和皮带武装起来，以便应对觐见大殿石地板的寒冷和严酷。只有当护卫队队长低声告诉他们目的地时，轿夫们才会知道觐见大殿的名称。在考克斯所穿长袍的前胸和后背分别缝着一块绣得十分漂亮的补子，上面是两只栩栩如生的银野鸡。

这位皇帝，江说道，不愿意看到一个全身欧式打扮的人；那样的衣着，无论多么时髦和昂贵，无非是为了可笑地遮掩住一个赤裸裸的白皮肤躯体，充其量显示的是一个在其他情况下无足轻重的、乔装打扮的人的财产状况。

与之相反，朝臣的长袍与太监的灰罩衣没有什么两样，反映的则是赋予一个人的地位和角色，不仅是他所处的社会地位或在紫禁城里的身份，也是他在宇宙里的标志。而他，考克斯，为了作为一个显贵而进入皇帝的视线，他要穿上饰有银野鸡图案的长袍，装扮成宫廷一个地位显贵的朝臣。这是一个宽容和恩赐的标志。因为这样一来，万岁爷就让这位客人的身份变得尊贵，以便更加靠近他的御座。

仅仅是因为清晨的寒气呢，还是伴随着轿夫的每一步而距离天子越来越近的缘故呢？天子哪怕只是打一个手势，就会让一个臣仆不是立刻飞黄腾达，跃居高位，就是被卫队的铁靴踩得稀巴烂，或者用战斧剁成碎块。无论怎么说，当他把那只手从双人轿固定的帘子上收回来时，他开始浑身打战：如果说江昨天在工作坊窗前所说的没错的话，那么他和他的同伴们就在窗前的庭院里看到了不许他们的眼睛看到的东西，每个住在紫禁城里的人都会因此被戳瞎眼睛。难道他这会儿不是被抬去觐见，而是要被送上法庭？在世界上那么多地方，只要被判了极刑，法庭始终要在黎明前执行判决，也就是在一个远远地避开人们日常生活的时辰。难道江告发了一个被禁止的目光所犯下的罪行，为了借此更加靠近御座一步，更多地沐浴在御座的恩泽之中？

考克斯不知道，他的身前身后还有没有人抬着轿子穿过黎明的黑暗。卫队士兵的警戒围着他和江，与其说护送着他们，不如说逼着他们从房子过道里走到轿子跟前。他们此刻也快步走在轿子两旁。在他们之前警戒得那样严密，在披着盔甲的肩上，在饰有羽毛的头盔上，除了黎明前的夜空，什么东西也看不见。轿子犹如一个闪烁的、悄然无声的动物，饱食猎物后穿过夜晚。外面除了轿夫的脚步声，只能听到卫队的靴子声，他们的武器或盔甲时而也发出有节奏、奇怪的叮当声。

一个莫大的恩赐，江重复道，可是他的话音同时听上去或多或少有些慌张，甚至恐惧。考克斯从来没有看到过江会这样；他迄今无论在什么样的情况下都不会为一个建议或一种解释而感到不知所措。

约塞夫·江亲眼见过皇帝吗，近在咫尺地见过吗？

江好像在思考着一些别的什么，或者他干脆有意对考克斯的问题听而不闻。

江，你亲眼见过皇帝吗？

然而，江保持沉默。

跪下！跪下，考克斯师傅，天哪，快跪下吧！这是考克斯几分钟后听到陪同说出的第一句话。

轿子应一个护卫低声发出的命令，停放在一扇被微微照亮的、漆成深红色的大门前。门上镶着两个一人高的金色大字。仿佛在这个地方，一切动作都要十分精密地协调一致。伴随着一声轻轻的叹息，两个镶着大字的门扇几乎分秒不差地开始向里移动，一个太监随之打开轿门。就在这当儿，他那只手依然抓在轿门的球形把手上，同时又伸开手臂，向江深深地鞠躬致意。江立刻走到大殿的遮阳下，并示意考克斯到他跟前来。

在闪闪烁烁的灯光下，大殿绽放出黄金、油漆和丝绸的光泽，但同时看上去奇异地空旷。对着敞开的大门的门槛，大殿在他们面前延伸，显然只能用于一个唯一的目的。考克斯觉得大殿的规模无比巨大。

御座并不在大殿尽头，但对着大殿中心，有一个令人望而生畏的深邃的空间围着它，一种闪耀着金属光泽、每个要靠近御座的人都必须横跨的广阔。身披盔甲的武士犹如一个个戴着头盔插着羽毛的影子，站在装饰着印有题词的织花壁毯墙边，像雕像似的纹丝不动。对他们来说，有那么多空间和时间，以便在关键时刻阻止任何接近天子的人实施自杀式攻击、错误的行动或哪怕是一句说错的话，从而将他压迫在他们的盔甲之下。

跪下！快跪下啊！考克斯师傅！

江低声说，甚至向他发出了命令，几乎带着恳求的口气，而他自己已经跪在地上了。考克斯先看了看那个并不遥远的御座，然后才看着江的样儿亦步亦趋；他同样跪下，深深地弯下身子，低下脑袋，额头触及地面，接着又并拢两膝挺起身子，随之按照规定的三次顺序，又是挺身，又是下跪，为了最终双膝跪地聆听这个世界上最强大的人，一个上帝那轻轻的、几乎听不见的声音。一个宽大深蓝的丝地毯把下跪的地方与天子的宝座隔了开来。地毯上有一个编织精美的图案，波浪滚滚，浪花飞溅，反射着白色的光芒，它应该表现的是一条江河或一个不可攻克的城堡的护城河。然而，御座空空如也。

好奇怪，这么低，仅仅高出三个平缓的台阶，御座位于编织地毯河流的中间，金光闪闪。两边宽大的软扶手尽头分别仰着龙头，它们张开大嘴，似乎要吞没光亮。彼此交织的翠绿色龙身形成了御座的后背。尽管如此，御座莫名其妙地显得平易近人，也许因为仅仅高出一个臣仆也要走过的地面三个台阶，这个绝对权力的象征并未凸显出来，而是普普通通地坐落在那里。

跪下吧！考克斯此刻默默地跪在江的身旁，跪在空空如也的御座前，步步紧跟着江，心咚咚直跳。墙边的侍卫影子长长地映照在空荡荡的大殿里。伴随着香炉那弥漫着芳香的袅袅烟雾，武士们摇摆不定的影子就是这宁静中动来动去的一切。烟雾是从四根围绕着御座的柱头上升腾起来的，在穿堂风缓缓流动中飘然而去。

这时，考克斯听到了一个声音，从一开始他就深信，皇帝的声音听上去就是这样的。尽管他的心咚咚直跳，但他却难以掩饰一种怀疑的微笑，任凭他怎样使劲地努力，面对这空空如也的御座，也无法克制自己的微笑。在莫名其妙的闪烁中，身临这精心设计的、首先是由柔和的反光组成的豪华里，江给他翻译着皇帝的话语。考克斯觉得这豪华是那样陌生，宛若来自一个遥远星球上的圣庙的光泽，几乎不由自主地扮出一副怪相。

一句浅薄无知的陈词滥调，人们恐怕也会在泰晤士河畔一个港口酒吧的吧台前听到它，一句空洞无物的话，但是不容置疑，这就是那个声音说出来的，来自迷人而遥远的朦胧中，隔着一道上面有书法家龙飞凤舞墨迹的屏风：逝者如斯夫。

时间流逝得多么快啊！

难道这个西方世界最著名的钟表匠和自动机械制造师横跨了半个世界，乘坐帆船，沿着一条由几百万役夫新开掘的人工运河逆流而上来到北京，并且在一个对西方绝大多数民众来说仅仅是一个童话般的传说的宫廷里，整整一个秋天之久就等待着皇帝这样一句话，就是为了此时此刻跪在一个空荡荡的御座前聆听这样一句陈词滥调吗？

然而，从屏风后传来的声音却轻轻地继续说下去，说个不停，其间的停顿长短不同，让江几乎没有时间翻译。约塞夫·江一边竭尽全力倾听着，一边寻找着概念，依靠那些概念，圣上的话语才会转换成一个野蛮人的语言。时间流逝得多么快啊，江急急忙忙地在似乎没有规律的沉默间歇翻译着。这就是皇帝留给他进行语言转换的间歇。

时间流逝得多么快啊，皇帝说道。是的，低声说道，来自朦胧中，来自他说话的一些段落里。时间是在缓慢地移动、停滞、飞逝，还是以其不计其数的另外的速度压倒我们，其根源在于我们，在于我们生存的那些像链条似的相互交织在一起的瞬间。

一个被判死刑的人，他觉得自己生命的最后时刻会很快逝去；倘若他没有犯罪的话，他也许会在一个公园里，在夏日的河畔，又有成群的蜻蜓围着他飞来飞去，悠闲或百无聊赖地挥霍掉这些时光吧。

而一个孩子，在他人生的最初岁月里，他会觉得一年又一年简直无边无际地在延伸，做梦都盼着时间更快地过去，让他尽快进入父母亲所享有的那种他信以为真的自由境地。可他免不了也会经历一个下午的分秒突然间飞快地逝去，因为他觉得傍晚时分惩罚会威胁他，回到家里的父亲将会对他实施惩罚。

再说吧，当夜晚行将过去时，两个相爱的人希望，把他们在尽情欢乐的性爱后，从朦朦胧胧中唤醒的只是夜莺的歌唱，只是夜莺，而不是云雀清晨的呼唤。这时，的确恰恰是爱让两个人远远地超脱了所有时光，进入了一个时间在其中不是流逝，而是停滞的王国。

谁完全沉湎于他的想象、他的创造和他的兴奋里，那他就会觉得太阳升起又落下，但却觉察不到太阳升起又落下的过程。

然而，即使一个人摇摆在极端的信仰里——到了这个地方，江停顿了好久，看样子，仿佛他害怕一味地重复皇帝所说的一番话——即使一个人摇摆在充当时间主宰的信仰里，那么，只要他生命每逝去一年，时间的确就开始更快地流逝。还没等到他把最亲爱的人聚集在自己的周围，为了和他们一起庆祝一个节日，又一年逝去了。于是，他渐渐地开始变得像被判了死刑的人，等待着处决的日子。

时间，在这单调的、让人想起布道的讲话里，考克斯觉得一而再、再而三地听到了时间或一个类似的词。时间，屏风后面的声音说道。时间，江说道，也就是翻译道。时间，时间的进程，可测定的时间。

然而，考克斯此刻既听不进去这一个，也听不进去那一个。在这个世界上最强大的人让人看不见的当下，两种语言的音调让他听得昏昏欲睡，但是大脑却十分清醒。

时间。时间！你是可爱的苍天。这个冗长无聊的讲话简直没完没了。拂晓。考克斯目不转睛地盯着空荡荡的御座，他感受到的比他看到的要多。他感受到晨曦的第一缕微光让大殿里刚才还融入一种无边无际的黑暗的广阔慢慢地收缩起来。开始几乎不知不觉，在那越来越明亮的上方，他的注意力减弱了。他的注意力！这位中国皇帝冲着他说话，江敬畏甚至恐惧地努力翻译着。然而，对考克斯来说，无论是屏风后面的声音还是江的一番话，仅仅不过是一些无关紧要的事，因为这个英国客人正沉迷于一种胜利的感觉中。

还没等到乾隆说出口和江翻译他的愿望，考克斯就心里明白，乾隆是怎么想的；他心里明白，乾隆要说什么；他心里明白，这位中国的皇帝想让他干什么。看样子，仿佛考克斯感受到手里的牵线拉得越来越紧了，凭着这些牵线，指挥着一个隐藏在屏风后面并要求无限权力的傀儡，让他做出种种动作。谁知道，也许吧，在这无比奢华、上面写满墨迹的屏风后面，真的只坐着一个自动机械装置。阿里斯特·考克斯，这个世界上最伟大的自动机械制造师能随心所欲地置身于它的传动机构和运动流程中。

在江结结巴巴翻译时，御座大殿里真的变得明亮起来了。尽管他在膝盖周围绑着毡垫，隐藏在朝臣长袍宽松的褶皱下，但考克斯却感受到地板的冰冷。

江依然说个不停。这时，考克斯从屏风后面的人影和响动觉察到，圣上退去了，并且让翻译单独传达他的意志，传达委托给这位英国客人的任务。

考克斯试图告诉江，他再也不需要费这么大劲了。他已经弄明白了，这位皇帝想要他干什么，等回到工作坊时，江也可以把其余的话讲给他听。但是，这两个跪在地上的人必须等到有人发出信号，允许他们挺起身来，并且始终还要面对空荡荡的御座毕恭毕敬地向后退去，穿过此刻已经被晨曦照亮的广阔，离开大殿。过了短短几分钟的宁静后，从一个隐身在卫队影子后面的、同样看不见的礼仪官的嘴里传来了三言两语。这个信号终于解脱了两个早就痛苦不堪地跪在地上的人。

事情就这样简单。一切真的就这样简单吗？这位皇帝想要考克斯为他制造各种时钟，用于测量一个人生命中飞逝、缓慢流逝或停滞的时间；它们要按照一个恋爱的人、一个孩子、一个被判刑的人和其他人——要么濒临生存的万丈深渊，要么被禁锢在生存的牢笼里，要么为幸福飘飘欲仙——的时间感知显示时辰或一天的循环，也就是时间变幻的速度。

在这个过程中，速度，即一种缓慢或快速的时间进程不过是多几个或少几个齿轮、钟摆的长短、摆轮的大小，以及每个机械师都能组装成一个钟表机构的机械零件的问题。对钟表制造行业里的每个学徒来说，这些都是不言而喻的事情，更何况考克斯。

采用不同大小和数量变换的计量齿轮可以让任何时间飞逝或缓慢流逝，至少在钟表机构内部如此。无论谁组装这样一个要按照符合各种不同的生命状态的速度转动的钟表机构，他都会用自己的齿轮机构——是的，如同一个木偶戏演员牵动着线，操纵着木偶虚假的生命——跃然成为时间的主宰，让时间要么飞快流逝，要么停滞不前。

然而，一个皇帝的愿望真的可以这样简单地实现吗？他的思想真的可以这样轻而易举地看出来吗，即使他把自己外在的形象隐藏在一个上面写满墨迹的屏风后面？

考克斯坐在江的身旁，被抬在轿子里送回他的住地，送到他的工作坊。江只是向他表明，他在觐见的时候明白了什么。这时，尽管他已经开始怀疑自己的猜测，但他最终依然深信不疑，他，阿里斯特·考克斯，可以把中国这位皇帝的思想看成一个普普通通的人的思想；只要这个人说起时间的进程和时钟，至少如此。

然而，考克斯心里也明白，这个认识是他有生以来所拥有过的无比巨大的珍宝。这是一个不可泄露的秘密，他无疑会在江的面前守口如瓶，连他的同伴们也不例外。当他有朝一日回到伦敦时，就会在那里倾吐给法耶，他徒劳爱慕的、沉默不语的妻子，中国这个类似于上帝的皇帝毕竟也是人啊。

六　孩子——银船

如果说权力无限的乾隆要测量一个人的生命中不同阶段的时间速度，并且希望为之造出合适的时钟，而并没有命令这位英国客人应该以什么样的时间和什么样的时钟开始他的工作——恋爱者的时间？行将死亡者的时间？一个孩子的时间？——的话，那么考克斯就用不着去思考，他待在紫禁城的第一个冬天里，他和助手们的双手就能创造出一个这样的作品。

在不计其数的中文字词中，考克斯学会听、写和说的第一个词是孩子。他似乎任何时候都会拿起毛笔将它写在纸上，或者当作一个温柔的图案，用他的指头画在枕头上，画在雪地里，画在沙滩上，甚至猛然从梦中惊醒时也是如此。

虽说有点不熟练，但最终也得到了江的认可。考克斯学了两个学时后，就用墨汁把这个词写在一大张宣纸上。他后来将它贴在工作台上方的墙上：孩子。

孩子。天子把选择留给了他。

皇帝自己不做选择，而把这事托付给另一个人去做，况且还是一个待在宫廷的外国客人，江说道，一个客人，他终归有一天又会消失，因而逃脱了任何责任，这是闻所未闻的事，无论是他还是任何一个曾被允许踏进紫禁城的人都没有听说过啊。

可话说回来，如果一个人无论如何要拥有一切，考克斯说道，一切的一切，那么，把一切的开始托付给那个什么时候应该给他献上整体的人，难道说他不聪明吗?

要是你能弄明白朝廷及其文字和语言的话，考克斯师傅，江说道，那么你恐怕就会认识到，你弄错了。这个万岁爷和决定一切的君主让你做出一个选择，做出任何一个选择，这是一个只有上帝才能解开的谜团啊。

然而，考克斯已经再也不说什么了。

孩子，一个孩子的时间。也就是说，考克斯恐怕会给他的委托人制造一个时钟，作为第一个测量形形色色的时间进程的样品；这时钟能让人感受和测量一个孩子的生命时间那波浪式的滑动，那此起彼伏的沙沙声，那一个个跳跃，那一次次跌落，那一回回滑行，还有停滞。然而，在这个时候，他心里似乎只想着一个独一无二的、安息在一切空间和时间彼岸的孩子，他把对女儿艾比盖尔的怀念置于一个万寿无疆、唯我是尊的君主之上，这会成为阿里斯特·考克斯在紫禁城滞留期间必须保守的许多秘密之一。

自从入冬的第一场雪和那个稚气的女子坐着轿子第二次从考克斯身旁一闪而过以来，天再也没有下过雪。那一个个庭院光秃秃的，这儿和那儿有一些零零星星的雪迹，天空常常万里无云。在一些清晨，屋顶上的出水口蒙上了厚厚一层白霜，怪模怪样的。

相反，在英国人的工作台旁，有时候会变得很热，令人昏昏欲睡。于是考克斯就只让给三个火盆中的一个加上木炭。无论是师傅还是帮手们还从来没有如此舒适地干过一个委托的任务：黄金、铂金、银、铅、蓝宝石、石榴石、红宝石……无论考克斯想要什么样的宝石、金属和其他材料，以不太确切说明的数量列出清单，交给江去采购，都会毕恭毕敬地一一送过来，有时候几个钟头后，最晚也超不过几天。

仿佛这座城本身存放着这些无比珍贵的加工原料，堆积如山，钟表匠和自动机械制造师取之不尽，用之不竭，这个英国师傅的每个愿望都能实现，也没有人追问他预订材料的理由，哪怕一次也罢。这是皇帝发了话，每个愿望都必须实现，不得有任何延误。但是，从供货商的态度可以看出，仿佛这样做也是这个英国师傅的权力所在，他能像变魔术似的从虚无中变出任何随意的珍宝来。然而，乾隆既不让人问候这些英国人，也不让人给他们传达什么信息，同样也没有用什么姿态，哪怕只是暗示一下拜访他们的可能。

这位皇帝只想看到一个个完成的作品，雅各布·默林在一个晴朗的清晨猜想着。这天清晨，火盆的热量拂起了灰尘，在透射进来的阳光里，形成了一个个热气旋——只想看到一个个完成的作品，不想看到什么粗坯，也不想看到一个个中间阶段和加工过程。

没有什么东西，没有什么作品，也没有什么事情，江说道，会在完成之前吸引住这位天子的目光。因为这目光会使之变得高贵，变得辉煌。而高贵与辉煌只属于那些完成的东西。

在接下来几个星期里，扔了许多设计图纸又重新开始，反反复复，大家商量来商量去。之后，在英国人的工作坊里，开始制造起一只白色中国式帆船，上面挂有两块涂蜡的丝质风帆。

默林、洛克沃德和布拉肖夫，多年来三人都习惯了师傅不同凡响、标新立异的设计。当考克斯向他们陈述他的设计想法时，他们只是频频点头。到冬天结束时，最晚到来年春上，这个用黄金、铂金、银和合金钢做成的带有桅杆和侧翼转动板的中国式帆船的模型就要变成一个风钟，上面将要显示一个孩子的时间进程：一只小船，在用银线和铅丝编织成的波浪中嬉戏，它的金属颜色会让人想起诸如雪、铁、雾、卷云、绒毛和白纸，或者干脆就是纯色等明暗相间的色彩。一只几乎单色的小船，连同帆具也不会比一个枕头大，制造形式类似于驳船。在中国的江河湖海上航行时，考克斯看见驳船几乎轻盈地滑行前进。

说到底，在艾比盖尔逝去的生命中，除了泰晤士河上成群的海鸥围着帆船飞舞之外，再也没有什么能点燃他的注意力和热情。

爸爸，你瞧瞧，它们飞得好高啊！它们飞得好美啊！艾比盖尔为一群围着帆船盘旋的海鸥欢呼雀跃。海鸥一边尖叫，一边急切地渴望得到河中的鱼。艾比盖尔，他的艾比盖尔，曾深信不疑，这些鸟儿就是要竭尽所能，始终不渝地给船上的人进行表演。在风中扬起的船帆，犹如插上翅膀一样前进，划过黑汪汪的水面。是的，鸟儿们扶摇直上，翱翔天空。

而这个模型里装载的是各种闪闪发光的篮子和微型箱子，还有耀眼的包裹、海员旅行箱和行李小包。难道在一个孩子的期待或希望中，不是每天都会成为充满惊喜的一天吗？在这样一个独一无二的白天和独一无二的夜晚的进程中，什么样的财富，什么样的惊喜以及通过善良或危险的童话人物和神鬼所产生的神奇现象会出现在一个孩子的世界里呢？

这种惊喜和神奇以及善良、邪恶或者令人毛骨悚然的发现的时间现在要通过装载一个小船模型，以各种各样的白色和银色来表现。因为那些装载其中的包裹、圆桶和箱子似乎要按照西方和中国的纪元顺序——二者的时刻以不同的夏天和冬天的长短逝去，通过用金丝铰链和发条连接的小门和盖子自行打开，瞬间显露出时间进程的种种轰动：一个个隐藏在纯粹的银白色之中的，用涂上漆色的木头、色彩强烈的宝石、各种皮革做成的五光十色的微型雕刻品，或者宣纸制品，比如凤凰、龙、妖魔、旋转的女舞蹈演员、武士、鬼怪、森林之神和天使，这一切都通过一个整体的机械构造相互连起来，并且仅仅依靠风、穿堂风甚或呼吸来驱动。

因为两个丝质风帆似乎充当着唯一的能源，它们要让隐藏在盖子下面的齿轮装置转动起来，要打开包裹、篮子和圆桶，并且又要关上它们；一副帆具，它可以依靠涂蜡的帆面捕捉到哪怕是一丝一毫的穿堂风和微风，使之转化为运动能量，并通过一个传动轴传递到帆船的钟表装置上。如果没有一丝气息，没有这种自动机械的赞扬者鼓起自己的腮帮吹起风帆，那么这个装置就会停止不动。是的，时间便停滞了。

停滞、缓慢或飞快的时间进程，其反复无常的转换仅仅是由气流和风暴的波动引起的，并且随着孩子的时间进程波动，不断地变换速度和强度。

当你等待着父亲回到家惩罚你时，这个时间过得多么快啊；在父亲出现在门口之前，那一个个钟头就飞快地逝去了。（考克斯还惊讶地回想起，正是这位皇帝本人提起了这个例子。这个天子到底受到过谁的惩罚呢？即使他的亲生父亲，如果相信这个王朝的法令永恒有效，也不敢挥手去打一个太子的。）在上课时，时间过得多么缓慢啊，慢得就像要停滞似的。当嘴里含着一颗糖时，时间又过得多么快啊，犹如一个扔出去的石子坠落的速度……

这些以及诸如此类的比较是考克斯就一个水钟的想法给他的同伴们所讲述的一切。随之，他转过身去，又透过窗户朝着那空空如也、没有任何迹象的庭院望去。

默林微笑着：把一个与混沌世界紧密相连的钟表装置当作儿童玩具……这就是他在英国所认识的师傅。这就是考克斯。这几乎就像考克斯在过去的岁月里所设计的任何一个自动机械一样，也有点不可思议。说到底，这个珍品要么会放在露天，无论是微风还是狂风，时时都会光顾它；要么就必然有仆人和奴仆一天到晚围着它转，靠着他们的呼吸吹起帆船的风帆。这也提醒人们，生命不仅仅是赐予孩子的，而且也必须得到呵护。

在制造银船（征得师傅的同意，他们在工作台上如此称道这个工件）的最初几个星期里，布拉肖夫和洛克沃德眼看着他们迄今的钟表匠生涯的绝大多数努力被颠倒了，因为他们向来所做的一切都是为了把时间测量的间隔尽可能精确地转换成分秒不差、十分均匀的机械过程。尽管如此，他们渐渐地觉得，在冬日的光线照耀下，现在呈现在他们手下开始成长起来的东西变成了一件惬意的事情。然而，与此同时，不仅考克斯在设计将要装在银盒子和银篮子里的微型陶瓷动物、小花冠和浸上漆的蛇头，准备拿它们来装载银船以便常常怀念他的女儿，而且他的同伴们借此也常常架起一座长长的、时而忧伤时而充满渴望的通往故乡的桥梁；他们又是锯，又是敲，又是锉，仿佛他们要为面临的圣诞节准备一个惊喜。可在紫禁城里，人们一句都不提圣诞节。

洛克沃德讲到他的两个儿子塞缪尔和大卫，他们常常会因为谁可以拉小教堂的钟绳，敲响晚间的钟声而相互厮打在一起，可后来又紧紧地拥抱着共同睡在一张床上。

布拉肖夫如痴如醉地谈论着他的三个女儿以及她们共同唱起家乡歌曲时那迷人的声音；他也欣喜若狂地谈论着自己有一个天赋出众的儿子，五岁时就能靠着一个两端分别吊着晃来晃去的空木桶的平衡杆行走在钢丝上，那简直是钢丝舞啊，布拉肖夫说道，不折不扣的钢丝舞啊。

只有雅各布·默林躲开这些回首往事的召唤。他的妻子萨拉死于分娩，而佐伊，唯一的女儿，艰难地挺过了分娩，可尚在她开始学习读写之前却停止了成长，看样子，仿佛她死去的母亲的爱心和力量恰恰只够让她度过最初的几年，从此便进入一个黑暗的世界里。佐伊现在生活在一个农民家里，一个隐藏起来的侏儒，和默林弟弟一家住在一起，距离曼彻斯特两天行程。

在工作台上工作的响声宛若一种思绪或回忆的喧嚣，使考克斯又回到了位于鞋街那一个个宁静的房间，或者他手工作坊那一个个工作间。伴随着这样的响声，在制作银船的最初几个星期里，考克斯一再站在窗前，因为他从那里曾经观察那个轿子队伍，看见那个咯血的轿夫死去……还有那个稚气的女子的一只手，让他的心里充满一种莫名其妙的渴望。

然而，尽管他多么希望那个呈现在眼前的庭院的空虚会变得热闹起来，无论是伴随着一个宫廷仪式还是死亡礼仪的表演，但它却始终冷冷清清的。终于下了一场又一场不再融化的大雪时，庭院随之消失了。极目远望，白茫茫一片，就像在嘲笑那单色的银船，在冬日的进程里可以接受那撕不碎的天空的色彩、那云朵的色彩，甚或那灰蒙蒙的烟雾的色彩。烟雾像帷幕一样从宫殿楼阁那鸟嘴似的屋顶飘过眼前的空虚。

这些英国客人受到一群不断变换、不声不响的仆人照料，他们需要什么，就可以获得什么。他们住的房间和工作的地方可以取暖，地板打扫得干干净净，每个星期都用刷子和散发着薰衣草香味的清洗剂清洁，所有衣物都勤洗勤换，这在英国是前所未有的。可话说回来，尽管他们在空间上距离那个无限的权力近在咫尺，但是，紫禁城的生活是由不计其数的规矩和法令所确定的，他们始终觉得不可理解、陌生，甚或危险。

除了工作、吃饭和睡觉的地方，他们哪儿也不能去，不可越雷池一步。他们不会被邀请参加任何节日和典礼，可那些熙熙攘攘的喧闹声——铃铛声、锣鼓声、竹笛声以及稀奇古怪十分尖厉的歌唱声——越过屋顶、庭院和围墙，在焰火四溅中，一直传到他们这些与世隔绝的生存空间里。无论他们去哪儿，始终都有一些不声不响的、从宫廷卫队里招来的保镖陪同。江给这些下令受到保护的人当翻译，他首先翻译的是他们所听到的话，或在市场上，或在大街小巷里有人跟他们打招呼的话，有时候是低声说出的话，当然不过是些允许他们听到的话。对他们来说，这样的规定实在不可理解。

他们时而也去北京的中心走走看看，来到鳞次栉比、五光十色、熙熙攘攘的大街上，来到错综狭窄的小巷里，来到声音嘈杂、人头攒动的广场上。这时，皇宫区域那常常空空荡荡的静寂早就被他们抛在身后。可尽管如此，仿佛陪伴着他们的宫廷侍卫无时无处不包围着一个难以穿透的空间，无时无处不包围着一个从不可触碰的皇家躯体里分离出来的气泡；他们被禁锢在其中，可以动来动去，但实际上，任何目光，任何行动，任何言语都无法穿透它。

见鬼去吧，雅各布·默林说道，他们在这儿的日子的确过得有点安逸，仿佛他们自己全都像一个自动机械那些由看不见的齿轮所驱动的机械人一样手舞足蹈地蹦来蹦去；仿佛他们是一个由机械师控制的机器上一些可以呼吸的装饰，而它的风俗习惯则远在另外一个星球，不可理喻。

你这会儿说什么呢？布拉肖夫问道，什么机械师？什么另一个星球？

他喝了太多的米酒，洛克沃德说道，圣诞节快到了。他说的是星球。他想入非非。

滚他妈的蛋，默林说道。

考克斯一声不吭。他们的工作每向前走一步，银船的雏形就会变得更加清晰可见，更加伸手可及，而权力无限的委托人似乎离他们也更加遥远，仿佛他只是要考验一下这些英国钟表匠的技能、他们丰富的想象力和他们的工艺技巧；仿佛他现在无论是对他们努力的过程还是结果依然不感兴趣。

艾比盖尔不是有时候也觉得她那嗡嗡旋转的陀螺的舞动太漫长了吗？她用指头轻柔地一弹，陀螺便旋转而去，她干脆转过身又爱上了另一个玩具；当陀螺翻滚到她注意力之外的什么地方，或者被小猫追着消失在一个黑洞洞的角落里时，她已经开心地把弄着另外的玩具了。

江也不知道，皇帝是否关注着银船制造工作的进展情况。他毕竟也只能向一个朝臣汇报，这人记录下所听到的，然后向上呈递，上面又逐级呈来呈去，也许使之归档保存，并最终被彻底遗忘。

与之相反，在伦敦和曼彻斯特，正是那些上层贵族委托人的使者，有时候甚至是委托人本人多么咄咄逼人，甚或纠缠不休；他们每个星期，在特殊情况下甚至每天都会出现在生产车间里，就是要查看个究竟，看考克斯有没有偏爱比如一个影响更大的竞争者，优先加工他的订单。

可在这里，宁静，没人询问，看不见使者，也看不见争风吃醋的来访者。压根儿就没有人来访。

无论是考克斯还是江，他们都得不到来自皇帝身边的任何信息，哪怕是一个信号也罢。这些英国人开始对江产生了不信任，暗暗地怀疑他虽然友好热心，但不是一个可信赖的人，而是一个受人暗地指使的密探。

如此看来，这好像首先是对江保持沉默和心不在焉行为的一种解释。这时，从紫禁城的禁忌区域传到工作台上的第一个消息便是一个警告性的谣言。

天子躺在病榻上。一个谣言，江说道，仅仅是一个从乾清宫里传出来的谣言。然而，江说出病榻这个词时显得多么犹豫，语气又那样不同寻常，而且回答默林忧心忡忡的询问时，他几乎结结巴巴地重复了这个词。这时，考克斯猜测着，真正的翻译则意味着：垂危病人的卧榻。

万岁爷，权力无限的乾隆，他要测量一个人的生命进程不断变换的速度，从生到死，从爱巢到法场，也许在高烧中已经丧失了统治千千万万年的力量，或许也是在一场阴谋中；他恐怕会在几天后，也许几个时辰后离开这个他统治的世界。是的，有可能，在这个时刻，他躺在一个无比豪华的卧榻上，躺在那再也不会守卫和保护他的侍卫队的阴影下，在失去的皇位上与时间抗争着。

七　凌迟——一种刑罚

这个坚不可摧的人，这个不可战胜的人，他忍受着高烧或者另一种虚弱的折磨，甚或在为生命而挣扎，这仅仅是一个谣言，真的仅仅是一个谣言，一个弥天大谎！

这个时间的统治者，在一封由他的大臣拟定的通函中这样说，万岁爷由于过敏发作，对冬虫夏草产生反应，眼睛流泪刺痛。因此，他既不能批阅奏章，也不能撰写文件，同样也不能吟诵他那些令人喜悦、每天都用来点缀黎明时刻宁静的诗歌。仅仅在一个下午之内，有两个御医采用芦荟、磨碎的野玫瑰籽和其他一些药草煎成的药剂，就使得这个大清帝国的君主摆脱了讨厌但无危险的病痛。这个药剂的配方有利于民众的健康，几天后将会张榜公布在紫禁城北门。通函发布之前，首先向朝臣们进行了宣读；他们排成长长的几列，站在坤宁宫的台阶上洗耳恭听。通函经过江的翻译，也传达给了这几个英国客人。

这就是说，皇帝恢复健康了。他将撰写、批阅、微笑和低声细语，或者在清晨时刻吟唱他的诗歌，汇入宁静之中。那些从不出错的法官给谣言的始作俑者，也就是两个吃醋的御医判了死刑。他们竟敢冒天下之大不韪，怀疑他们的最高统治者所做出的决定。

通过询问九个证人，证实了两个御医——一个是外科医生，一个是眼科专家——至少在两个场合声称，这些庸医甚至会把一个不朽的人送进坟墓里，要用他们那浑浊的药剂和变质的浸膏，不是把皇帝的眼睛弄瞎，就是给他造成另一种不可治愈的伤害。是的，他们声称：天子被一些庸医迷惑住了。仿佛天子是可以随便受人迷惑、被人欺骗的，犹如人们在近旁的年市上迷惑和欺骗过往顾客一样。

皇家法庭在合议了三个钟头之后就已经做出判决，确定了量刑尺度：谎言制造者要在大雪节气后的第一天遭到凌迟，也就是让他们在痛苦的煎熬中慢慢地死去。

为了让被判死刑的人的痛苦嚎叫不会打扰紫禁城那温和的、被大雪加深的宁静，这也向朝臣们以及英国客人宣布过，行刑应该远远地离开紫禁城的宫殿，要在一个偏远的刑场上执行。在一个个动荡的岁月里，这个刑场上燃烧着献祭的火光和烽火，闪烁的火光会让邪恶的魔鬼和破坏性的幽灵远离这个世界的中心。

虽说也告诫全体朝臣以及他们外围的官员、军人和上层贵族出席观看这种正义的表演，但是这样做是因为人们深信，必然不是通过痛苦的嚎叫才会在他们心中唤起绝对的服从义务，才会警示他们任何反对行为都会造成无比痛苦的后果。对于每个生活在天子身旁的人来说，仅仅宣布一下判决就足以让他们在皇帝面前小心翼翼。说到底，即使那无比刺耳的痛苦嚎叫也会随着一个被判死刑的人心脏的最后一跳而消亡。然而，一个皇帝的判决诏书将永远长存。它的字字句句都是对天下的昭示。

这个诏书犹如一幅书法杰作，也被下发到英国人的工作坊，江先是跪在地上大声宣读了原文，然后才给这几个不知所措的听众翻译成英语。这时，本来已经减弱的、仅仅来自精密机械操作的工作噪音片刻间似乎变得更加轻微了。毫无疑问，所有响声突然减弱的原因就是恐惧，因为在这儿如同在帝国任何地方一样，只要宣布了这个不可战胜的人的意志和法令，普天之下，莫不如此。

从这个时刻开始，几个中国式帆船制造者只有当江不在他们身旁时，才会议论御医事件；只要他在场，他们就心照不宣地说着一种模糊不清、嚼得七零八碎的方言。他们猜测，他们的翻译只能怀疑他所听到的每一句话，弄个一知半解，甚至压根儿什么都弄不明白。

难道仅仅因为一个人不能闭上嘴，洛克沃德问道，他就应该招来杀身之祸吗？

难道在我们的家乡对一个信口雌黄的人的惩罚更仁慈吗？布拉肖夫问道，要是我们这美妙的风钟满足不了那一个个期待，这只小银船也葬身于海底的话，那会发生什么变故呢？这样一来，我们不也会眼睁睁地被绑在一根根桩子上？不也会任凭一个屠夫肆意宰割吗？

不是我们还会是谁呢，默林嗤嗤地笑着说道，我们的脑壳就会变成一个杜鹃挂钟；每个钟头就会从我们的眼眶里蹦出一个个小爆竹；吃饭的时候，我们吐出的东西就像爆米花似的星星，而到了午夜时分，又会吐出闪烁的银丝条来。

安静，考克斯说道，雅各布，别多嘴了。

中国式帆船已经有了长足的进展。在载运的玩具货物中，从几个银篮子、银盒子和银圆桶里已经出现了一些由齿轮唤起生机的精灵；从银壳里窜出来的家燕和玉制的寓言动物飞奔起来；伴随着洛克沃德浸润着米酒气味的呼吸，风帆鼓了起来。洛克沃德是英国客人中酒量最大的，也是身体最强壮的。这时，江带着一个来自圣上通政司的消息走进工作室。

制作风钟的工作现在必须中断，只是中断，不会终止，但为了另一个时钟需要暂时停下来。

乾隆还没有看到过这奇迹般的中国式帆船及其齿轮装置，一次也没有，至少没有亲眼见过。但是，他无疑通过江或侍卫中某一个细心的观察者的报告获知了每个细节，肯定会比一个平平常常的工作坊访问者知道得更详细。也许乾隆听从了一些看不见的幕僚的提议，遵循一种灵感或仅仅来自梦境的指点……无论出于什么原因：万岁爷一下子对暮年的日子与时间进程的速度产生了兴趣，比对孩子生命的时间进程更为迫切。

江说道，考克斯现在要为行将死亡的人设计和制造一个时钟，为被判了死刑的人和所有知道他们死期的人设计和制造一个计时器，因为他们不可抗拒地看到了自己生命的终点就要到来，再也不可能希望获得一种可延伸的、暂时的永生，从而让自己平静下来。然而，绝大多数活着的人却被他们有限的存在迷惑住了。

难道一个垂危病人还会自欺欺人吗？难道他还会希望一个再次让他回归世界、延长一个熟悉的生命的奇迹出现吗？然而，谁被一个皇帝授予全权的法官判处了死刑，那他对生命最后时刻的怀疑就再也不会让他平静下来。他看到了末日，因此也不容置疑地看到了未来，除了一个上帝，谁还能这样呢。

考克斯师傅，江说道，会享受到这样的特权，在死亡面前为他的新作品收集直观素材，也就是在监狱里。两个不负责任的御医在那里等待着他们的刽子手。皇帝允许考克斯与二人谈话，倾听他们的想法，询问他们的生活和罪责，并且从中为一个时钟的设计图纸得出种种必要的结论。为此，准许他两次访问地牢，每次三个钟头。

他不需要这样的访问，考克斯说道，毕竟在伦敦也有人被吊死，被砍掉脑袋，被烧死，被淹死，他们不得不忍受着时间最终化为乌有，直到他们的痛苦最后终结。他对法令的无情足够了解，不用和一个彻底绝望的人聊天。他也能想象出执行死刑前的生命时间是怎样流逝的。

考克斯有点误会了，江心想，误会在任何生命时期都会变得很危险。访问死囚可不是圣上的建议，也不仅仅是他的愿望，而是他的意志。

在确定午时执行处决的前两天（这种肢解身体的表演会持续到晚上，表演给那些聚集在正义之地的见证者和爱看热闹的人观看。是的，在苍天之下表演着一个罪人的生命之光是怎样消失的），考克斯和江在四个叮叮当当地快步走在轿子一旁的侍卫护送下，来到地牢里。

在这座用锡板加固、绽放出紫禁城紫红色的建筑里，好像驻扎着一大批士兵和看守，除了两个被判死刑的人之外，看不到别的囚犯。在一个长长的、即使在这寒冷而晴朗的一天也十分昏暗的过道里，笼罩着一片死寂。过道通往没有窗户的地牢，他们把两个被判死刑的人用铁链牢牢地拴在石墙上。

尽管一个卑躬屈膝的看守点起了三个火把以及几根对付污浊的香火，但考克斯需要一阵子，才能区分开两个被铁链拴着的人：两个人中，一个年轻，满脸是血迹和污垢或呕吐的东西；另一个要年长好多，脸上同样沾满了血迹和污垢。

当看守用火把照亮黑暗时，年轻的开始抽泣，因为他误以为考克斯和江以及陪同他们的侍卫就是刽子手，他们要把他拖到刑场去。而年长的则默默无声地凝视着一堆他一动不动地坐在上面的稻草。

看守把其中两个火把插到石地板上的洞眼里。如果关押的犯人多了，无疑也会把他们用铁链拴在这些洞眼里。看守用出人意料的友好语气冲囚犯说了些什么。那是简短的三言两语，它们只能意味着，有人现在要给他们提问题，他们必须给予回答。江并没有翻译看守所说的话。

考克斯被同情、恶心和愤怒的感觉攫取了。快给他们拿水来，考克斯冲着看守说道，他们应该先洗洗脸，我要看看他们的面孔。

他觉得爱莫能助，仿佛那些铁链就紧紧地束缚在他自己的脚踝上，他的泪水险些夺眶而出。

江翻译着。

看守听从吩咐。

然而，两个囚犯并没有听从命令洗洗自己的脸，而是从递给他们的水盆里大口大口地喝起来，贪婪得就像两个渴死鬼。当看守突然变换了语气呵斥他们，就要上前打掉年轻人端在手里的盆子时，考克斯冲着江说道，他对江说话的声音比任何时候都要大：让这个贱骨头别如此盛气凌人了，干吗要打扰他们，让他们喝个够吧！

江翻译了这番话。

看守乖乖地听从了。

唯独考克斯让看守端来的一碗碗米饭，他们俩谁都不去动一动。年轻的虽然试图伸手去抓饭碗，但是显而易见，想到要用米饭来填塞那被刑具或殴打撕裂的嘴巴，便不得不与恶心做斗争，尚且需要一阵子，才能抑制住令他浑身发抖的哽咽。

你的问题是什么？江把身子靠在敞开的牢门旁，为了呼吸一丝穿堂风，以减轻那烟雾缭绕的臭气。然而，考克斯心里却想着那闪闪发光的金属体，中国式帆船那涂蜡的、轻飘飘的风帆。那是艾比盖尔的小船，现在不允许继续造下去了，取而代之的是一个时钟，它要计量一个不幸的人生那充满痛苦的最后一程。他保持沉默。他没有问题可问。

你必须问他们一些问题，江说道。

但考克斯却没有问题可问。

这就是说，江冲着两个被判死刑的人问话，并且一句一句地翻译给考克斯听；他想从这两个人那里知道，在这样的黑暗中，在这些日子里，他们人生最后这些日子是不是比他们负罪的过去的时间过得更快。在地牢里，在等待皇帝判决执行的日子里，时间真的开始流逝得更快吗？在地牢里，怎样看待时间速度呢？

还有什么？考克斯边说边观看着两个囚犯的面孔，年轻人的面孔此刻又镇静下来，也洗得干干净净；年长者的则没有变化，表情呆滞。还有什么呢？他们说了些什么？两个人可都说话了。

年长的说道，这里再也没有时间可言，即使有，那也停滞了。而年轻的则说道，这些日子时间飞奔而去，而你对此却没有一丝一毫的感受。时间怎么会飞奔呢，江说道，时间怎么会飞奔呢，我问他，而你对此却没有一丝一毫的感受？他则说道，就像一个人被关在一个钉得死死的箱子里，坠入无底深渊，坠落，坠落，没有止境，永远也坠不到底，从而让这个被牢牢钉死在里面的人相信，压根儿就深不见底。是的，从来就见不到底，也没有坠落，而始终不过是一个臭气熏天令人窒息的牢笼和疾驰的黑暗。

皇帝恩准了两次访问。第二天，考克斯第二次去访问。这天，下起了鹅毛大雪，密密麻麻，使得通往地牢那漫长而回音缭绕的过道变得更加阴暗和压抑。这次访问的过程与第一次没什么两样，至少对看守和侍卫来说如此：江和这个英国人问，两个囚犯回答。

然而，事实上，考克斯这一次也没有提任何问题，而是久久地保持沉默。在江的提醒下，他才开始以独白的方式给两位囚犯讲述起他沉默不语的妻子和深爱的女儿，给他们讲述了闪闪发光的泰晤士河；尽管河面上遍布垃圾，动物尸体此起彼伏，漂来漂去，乱七八糟的木头、腐烂不堪的漂浮物和各种粪便比比皆是，但它却闪闪发光，在阳光和月光下闪闪发光。英国这条最大的河流夹杂着形形色色的污秽之物流过伦敦的城墙和王宫，就像在嘲笑政权的愚蠢，在提醒人们要铭刻在心。

他还讲述了英国一代又一代国王的残忍，他们甚至会下令斩首自己的亲人；讲述了上层贵族野蛮透顶的争风吃醋，尔虞我诈，他们以为身居荣光闪耀的显赫地位，飘飘欲仙，高高在上，而事实上不过是踏着沉重的脚步穿过阴曹地府……讲述，讲述，再讲述，接连不断，他要用这样的方式抗议一个皇帝的意志，因为皇帝要命令他！命令他非问不可。

他，阿里斯特·考克斯，不会给两个不幸的人提任何问题，仅仅为了利用他们的回答来设计一个时钟，绝对不会。时钟，这个自动机械是永恒闪亮发光的比喻和预兆，它既不是绝望的标准，也不是生命消失的可笑的玩具盒。

江是唯一明白这个英国人在拿自己的生命开玩笑的人，他一句也没有翻译那一个个讲述，而是在考克斯停顿时给两个囚犯提了一些在其长短和语气上符合考克斯讲述的英国信息的问题：询问一个个不眠时刻的长短；询问一个个被铁链折腾的不眠之夜的煎熬；询问昔日的生命因为死亡判决而失去尊严、风雨飘摇、继续不断地又回到那不可企及的境地并消失的速度。

两个囚犯开始对一些问题低声细语，甚至陷入单调的独白中。江打断他们的话，但是一句话也不翻译，而是借两人之口做自己的文章，免得破坏这次访问所下令提出的问题与回答的顺序。因为，事实上，两个濒临死亡的人也没有回答任何问题，同样像考克斯没有提任何问题一样。他们结结巴巴地请求宽恕，也请求拿来绷带包扎刑讯时给他们所造成的创伤，因为他们受到了考克斯所要求的、看守违心地端来的米和水的恩惠鼓舞，并且乞求帮助他们两个被剥夺了赡养人的家庭。

年长的不知什么时候只是低声说着一个个名字，不说一个词，不说一句话，只是一个个名字，江心里明白，那是他最亲爱的人的名字，他的妻子，他的孩子，还有慈悲为怀的神灵的名字，他们应该在他遭受折磨的日子里保佑他。考克斯一句也听不懂。

在这臭气熏天、即使在白天也只能用火把照亮的地方，死亡的日期与时辰如此不容置疑地确定了，犹如一个由天文学家推断的苍天事件，再也不可能让时间有那样微乎其微的延伸。在这样的地方，不管你是像两个被判死刑的人一样被拴在铁链上，还是像侍卫一样身披盔甲，或者像江和这个英国人一样身穿绫罗锦缎，人们好像被一切彻底遗弃了，个个都孤独无助，不管他们说什么或者以为明白了什么。

八　万里长城

在处决两个御医的当天，紫禁城上方笼罩着一片祥和的宁静。没有喧天的锣鼓声，没有痛苦的叫喊声，成千上万的围观者的呐喊声也没有传到万岁爷的宫殿里。忍受着寒冷的人群一眼望不到尽头，把法场围得水泄不通，伴着刽子手的每一个动作，他们拉长嗓门唉声叹气，时而也发出鼓励的嚎叫，甚或哄堂大笑。无论法场上围观的人群里发生了什么，断头台似乎悬挂在人们仰起的脑袋上方晃来晃去，甚或漂来漂去，宛若一个漂流在深海上的木筏。然而，在这一整天里，象征着皇帝无限权力的太和殿、坤宁宫以及那些与之息息相关、无比奢华的居所却始终隐没在一种寒冷的、只是时而被鸟鸣打断的宁静中。

仿佛两个怀疑皇帝万寿无疆而被判处死刑的人那缓慢的、越过无数时辰的死亡和一切在法场上所遭受的、已经触及人类想象力极限的痛苦仅仅是一场无关痛痒的表演。到了正午时分，开始下起了雪。

雪片纷纷扬扬地飞过紫禁城空空如也的大道小路，落在皇宫一个个空荡荡的、只有上层达官贵人才可涉足的广场上，替代了墙头上和古老的雪松树枝里一层层刚刚落下的松软植物，将卫队的钢盔与铠甲重新掩饰在白茫茫之中，填平了一座座塔顶上的琉璃瓦行列的起伏，并且把最晚的月季那一个个被园艺师用丝帘围护起来防止霜冻的花朵变成了晶莹剔透、没有面目的脑袋。

当风在下午时分刮得越来越猛烈时，旋转飞舞的雪片凝聚成一条条纷乱无序的雪带，无声无息地飘落在屋脊和结冰的滴水嘴上，而且也在那里淹没了所有的颜色和形状，仿佛不仅是刑场，而且还有一座在这些时辰里违背了一切慈悲信条的城市，其隐秘的角角落落都要被覆盖了。

许多自愿前去观看处决的人，甚或还有几个朝官和官方的刑讯见证者，他们在前夜参加了大雪节舞会，观看了焰火，载歌载舞。随后，他们并没有先回家休息，而是一大早从散落在北京各个区域的节日聚会上直接前往刑场，为了在那里亲身感受，不管节日气氛多么热烈，人们多么欢欣鼓舞，但天有不测风云，人有旦夕祸福，而另一个让人进入死亡地狱的结局会呈现出多么令人毛骨悚然的情形。他们之中有些人还沉醉在无数从夜空里散落下来的火花和耀眼的光幕中。

逃走吧？布拉肖夫快到午休时问道。这时，纷纷扬扬的雪花使工作坊变得越来越阴暗。难道我们还不逃走吗？不然的话，他们也会在这儿用铁链把我们拴在木桩上，割成一条条，把铁钉钉入我们眼里，因为我们的时钟不会按照某一个朝廷佞臣的节拍而跳动。

逃走，逃到哪儿去呢？洛克沃德说道，趁着黑夜和迷雾，越过田野，逃到上海？乔装打扮成宫廷贵妇，坐上轿子直到最近一个检查站，或许乘坐我们的小银船，沿着大运河顺流而下？

巴尔德尔，难道你想念伦敦的司法机构了吗？默林问道。难道比起北京绞刑架上的鸟儿，你更喜欢观看乌鸦在一个被吊死的、在泰晤士河畔的大风里晃来晃去的人头顶上演示盘旋降落吗？他们不是也因为造反而吊死了你的一个堂兄吗？可在这儿呢？在这里，一群太监，甚至身披盔甲的武士在你面前毕恭毕敬。在这里，人们给你擦亮皮鞋，给你浆洗衬衫，给你的工作坊生火取暖，甚至还有你的卧室，怕你冷得起鸡皮疙瘩，还给你的被窝里放上热乎乎的石头！

在这大雪纷飞无比宁静的一天，考克斯的同伴们聊得热火朝天，比平日的声音大，可江却听不到一句话。他奉命——是奉他的上司，一个凌驾于其上的朝臣之命，他直到后来也不愿意说出来——前往刑场，为了过后向这些英国客人介绍皇帝的强硬。依靠这样的强硬，无论是谁，只要他打扰了皇帝的安静，不仅会被赶出地球上这座最庞大最豪华的城市，也会被驱逐出这个世界，打入十八层地狱。

隆冬时节，几个星期过去了，而乾隆帝国丝毫不理睬在一个尘土飞扬的神圣国度里上帝的降生，或者在某个灰蒙蒙的地方新年的开始。默林试图依靠江的帮助，让厨师们了解怎样做洋李布丁，但徒劳无功。没有一个厨师愿意相信，默林所描述的做法会带来一个可以享用的结果。他们没有做布丁，而是给这些英国人奉上了用荔枝、磨碎的芒果干和搅成雪白的鹌鹑蛋白做成的蛋白甜点。

考克斯开始绘制一个时钟草图。按照皇帝的愿望，这时钟要能显示和计量一个人生命的最后阶段时间是怎样流逝、飞驰或者凝固的。

这玩意儿看样子就像是伯利恒城墙前一派圣诞节的景象，就像是一幅耶稣诞生于马槽的画面，当考克斯让他的同伴们观看一幅用炭笔描绘的钟壳的初始草图时，布拉肖夫说道，这里还缺少大卫之星、牧童和三个来自东方世界的智者。

这不是伯利恒，默林说道，这是乾隆的长城，中国的万里长城。

草图上画的是那道防御墙绵延于五个烽火台的一段。长城长达万里，无边无际，它把山脉、沙漠、湖泊和其他障碍相互连接起来。数百年间，一代又一代王朝不断建造，为了一再重新锁定他们的帝国收缩又扩张的疆土，保护他们的权力免遭野蛮游牧民族的冲击。

这个长城模型将会成为新时钟宝贵的外壳。在考克斯的图纸上，它的细节、防御通道和城堞日益形成越来越直观的形状。然而，作为第一个观察者，在江的眼里，它无疑是对这个人类最宏伟的建筑物一个残缺不全的写照，这些英国客人迄今只在图片、水彩画和壁毯上看到过长城，别的什么地方都没有见过。再说，一个装在这种外壳里的时钟，江说道，同样也会被一个疑心重重的朝臣解释为对长城的讽刺，当然会受到相应的惩罚。

万里长城——长得让人难以想象，江这样称道历代皇帝的防御墙，因为万里不仅意味着万里长度，而且也象征着无限。这就是说，一道万里长的防御墙，其长度是万万无法想象的。秦、汉、魏、周、唐、辽和明王朝向四面八方建造了这道防御墙，从来都没有终结。因为在民间传说中，巨龙缠绕住了长城，依靠它的火舌，从黄海的水里吐出了漫天的云雾，而在万里之外，它又用尾巴高高地鞭打了戈壁滩上的沙丘，形成了沙尘暴……

而这个世界奇迹的一个红黄色模型，江说道，现在居然要隐藏一个时钟的机械装置？这时钟不是用来计量被高耸云端的万里长城所保护的皇帝权力的持久和无限，而是用来测量一个被判死刑的人或一个行将死亡的人还剩余的时间是怎样飞快流逝和化为乌有的？一个任人宰割的人，他并没有统治这个世界，而是正准备着永远离开它？

这些英国人要用一个嘀嗒嘀嗒的玩具来嘲笑万里长城，一个玩具！再说其制造材料还闪耀着唯有皇帝专用的色彩，难道这样的解释还不足以对你兴师问罪吗？江这样问道。

这是你的解释吧，默林说道，无非是一种污蔑。一个比翻译先生更聪明的人毕竟会轻而易举地看出，考克斯制造这样的装置，是在向他的东家鞠躬致意。要说这金色吧——难道这时钟不是专门为皇帝制造的吗？照你的说法，什么样的光泽会比金色的光泽更适合呢，即使它是为一个行将死亡的人或被判死刑的人敲响了末日？

令同伴们惊讶的是，二月初，考克斯完成了制造图纸。他亲手制作好复制本后，并没有把图纸送到同伴们的工作台上，以便他们为制造一个缩小成台钟的中国长城来测量、切割和打磨贵重材料，而是让他们在瓷碗里磨碎生姜、丁香和良姜粉，还有小豆蔻、红檀木、藏红花、大茴香、薰衣草和香柏木脂、玫瑰油以及一些江用书法家题写的布袋子和木盒子弄来的依然新鲜的香料，再就是一些干燥或压成奇形怪状的、英文压根儿就叫不上名称的植物。

我们现在是精密机械师还是药剂师，布拉肖夫一边问一边竭力拖着打趣的腔调，是草药收藏家，还是自动机械制造师？

没有这份工作，我们在这座城里，在这个国家什么都不是，考克斯说道，烧成灰烬的草药会变成新时钟的心脏，变成它的灵魂，一种燃烧的熔渣。这样的燃烧穿过生命的最后时刻，不可阻挡地吞噬自己，同时也把一切物质的东西，甚或时间本身转化为尘埃。

江给他的上司写了一份报告，通报了英国师傅制造时钟的最新进展情况。他的报告首先描述了缭绕在微型长城城垛和烽火台上方的效果：熏烟和烟云……这个来自英国的师傅要制造一个火钟，为了让时间在它的齿轮装置里燃烧殆尽。

然而，为了制造这样一个在一些日子里让一个个宫殿都弥漫在蓝色的烟雾中的熏烤炉，考克斯日夜埋头于他的长城的材料预算里，埋头于一次次列出每盎司黄金和每块红宝石以及钻石的清单里，而且要让钻石百倍地折射日光和烛光，要让它在观察者的眼里耀眼夺目。这时，他首先希望，他的同伴们要按照那一个个延续了数百年之久的配方，把那些被捣碎的草药、阿拉伯树胶和用热带木木炭磨成的粉末揉捏成一团团，将它们做成各式各样大大小小的圆球。

这种燃料要以变换的密度从隐藏在时钟内部的漏斗里漏出来，通过各种不同的斜面和防御通道，掉进一些引火盘里，并且在那里释放出各种各样的气味——从年岁的臭味和汗味到花卉的芳香以及许许多多记忆中的香水味，燃烧成灰烬，其质量最终会让时钟运行起来。

根据烽火台的数量，要有五个引火盘，灰烬通过引火盘底部一个个小孔漏到甚至能够测定一丝头发重量的精密天平上，使得与传动轴连接的秤盘倾斜，以此决定性地驱动时钟机械装置一个较大或较小的齿轮。

由于燃烧过程进行的速度不同，时而飞快，时而缓慢，且生产灰烬、烟雾和所有芳香、清淡或呛人的气味也取决于这个过程，所以时钟也会变换它的走动方式，以不可预见的顺序一会儿走得慢，一会儿走得快，有时候甚至会停滞一会儿。在这期间，从烽火台里冒出的烟雾会让时钟的时辰循环笼罩在白茫茫的雾气中……

因为，谁躺在垂危病人的卧榻上，考克斯说道（那是在一个清晨，阳光和温暖让人觉得冬天就要结束了，而且从工作坊窗前的庭院里传来了一只乌鸫的叫声），谁等待着刽子手的出现，或者身在某个地方的战场上，或者在一片荒无人烟的沙漠里，无限远离一切救助的可能，孤独地与死亡恐惧斗争，谁就不再存在时间的进程，而只剩下一次次跳跃，一次次从逝去的一个层面坠落到另一个层面。一次次跳跃，一次次坠落，还有一次次滑翔下降，它们会让一个秒针变成时针，而在二十或一百次呼吸以后，在时针一动的时候，被感受为一天天和一个个星期的期限又逝去了，或者所有层面上的所有指针都停滞在对永恒的预感中。

难道一个时钟就应该是这样？布拉肖夫问道。

还是一个玩具，洛克沃德说道。

那么一个用纷纷扬扬地漏下来的灰烬驱动的时钟与那个靠呼吸和风力驱动的小银船有什么区别呢？默林问道，一个闪闪发光的儿童时钟与这个红黄色的死亡熏炉装置到底有什么区别呢？

每个时钟与另一个时钟的区别是什么，考克斯说道，区别在于观察者，在于企图从中看出他的时间及其剩余生命的人。

这样一来，我们同样可以通过一个死牢或死亡之屋的污浊空气让我们的小银船扬帆航行，也可以把这个金色的微型长城安装到一个新生儿的摇篮上，默林说道，对于一个行将死亡的人来说，时间的进程显示在这样一些自动机械的刻度盘上，而对于一个新生儿而言也没有什么两样，因为这个进程刚刚开始。

不仅母亲们，而且她们的新生儿有时候也死于产褥期，考克斯说道，无论我们制造什么——一个时钟，一台机器，只会让我们自己脑袋里的想法，充其量还会让占有人或委托人的愿望变得显而易见。

难道这就是一切吗？默林问道。

这就是一切，考克斯回答道。

第二天，考克斯再次向江详细地描绘了制造图纸，以便翻译兼中介人能把时钟的尺寸和清单呈递给他的上司和供货商。这时，在同伴们看来，仿佛江记下的不是什么必要的材料，而仅仅是些萦绕在他心头的事情，考克斯的一一说明成了他的耳边风。他似乎像一个事不关己的局外人，一边听着一边用毛笔在纸上写来写去，看不出与考克斯给他所讲解的火钟运行方式有任何关联。但是，他的脸上突然出现了一种关注甚或惊恐的表情，因为考克斯打算尽快和默林一起前往金山岭长城，要在最终确定火钟外形和式样之前，亲眼看看这段据说本身经受住了时间考验的城墙。

金山岭长城蜿蜒穿越的燕山山脉是军事禁区，江说道。

难道我是个间谍吗？考克斯问道。

人人都是这样，他不该看到他的眼睛不该看到的东西，江说道，这是因为，即便不是有意，但他保不准会在某个欠考虑的时刻，当着不该知道的人的面，谈论到他所听到或看到的东西。

一个间谍，考克斯说道，那么一个要阻止我去完成皇帝愿望的人又会被称作什么呢？我的工作要求我去观看长城。这个时钟毕竟应该在每个细节上与在客房茶坊一块丝质地毯上可以看到的长城一模一样，也就是司马台与金山岭之间的那段长城。几个星期前，毕竟江本人也给他这样讲解了地毯上的长城图案。

在那里，长城攀上一个个陡峭的山崖，抵达山脊和顶峰，然后从高处，常常是从云端又陡直地下降到一片郁郁葱葱、岩石林立的荒漠。

考克斯提出这个要求后，江两天没有在工作坊闪过面。到了第三天正午时分，他带着小行李，在六个全副武装的骑士的陪同下敲门走进来。这时，考克斯心想着人家来逮捕他了。

骑士们与其说像是每天来回护送英国人的侍卫，倒不如说像是奔赴前线打仗的。他们负重累累，有长矛，有弯弓，有装满利箭并饰有贝壳的皮箭袋，还有匕首、利剑和一些笨重的、用龟甲图案装饰的滑膛枪。(一个弓箭手，据说默林几个钟头后听到有一个骑士解释道，在战斗中始终比一个滑膛枪枪手更迅速和更具杀伤力，因为滑膛枪枪手在开火之前必须用火药和通条填满前膛，在嘴里准备好铅弹，并将它们吐进枪管里。但是，从近前开火射击所造成的杀伤力和一发铅弹打中敌人胸口和脑袋所带来的伤口的恐惧要比一个致命的、无声无息的箭头的效果本身大。)

江被围在几个不声不响的武士当中，他几乎庄重地说道，师傅的愿望就要实现了。瞧瞧，他为默林和考克斯带来了备好鞍和披着披风的马。布拉肖夫和洛克沃德必须留在城里，在他们的工作台旁等待着两个人归来。

是的，在这湿漉漉的春雪时节，在金山岭长城旁只有边境巡逻队穿行的山间羊肠小道蜿蜒其中的森林里，没有行车道，乘车是不可能的。所以，他们要骑马前往，骑行一百多公里，直到燕山山脉跟前。这次探究长城大概需要四五天行程，考克斯要观察这个如此深地根植于过去、又如此远地延伸到未来的建筑奇迹，到底需要观察多久，需要从哪些视角观察，则要看具体情况而定。相反，留在城里的同伴们要在这些天里按照考克斯的吩咐，用包在蜡布里的香料团滚出一个个圆球，数以百计的圆球，制作足够数十年用来驱动一个显示生命消逝的时钟的燃料。

没有进一步做准备的时间了。目睹这条巨龙，按照实实在在的样本构想一个自动机械，这毕竟是考克斯梦寐以求的愿望，而朝廷许可了他的计划。这就是说，他们必须启程，就在此时此刻。因为，不管一个人在圣上的朝廷里请求得到什么，如果他获准可以做他想做的事，他的愿望就变成了一个命令，必须毫不迟疑地执行。

仅仅一个钟头后，九个骑士便穿过北门走出紫禁城，来到北京大街小巷的迷宫里继续前行，进入白雪皑皑的田野。许许多多密切注视着他们出行的目光，考克斯一个也看不到，街两边的窗户都遮得严严实实。他好久没有骑过马了，竭力回想着一个日夜兼程的骑士如何保护脊椎和骨盆的身体姿势。马儿一次又一次陷入被风卷起的雪堆里，恨不得把骑在它身上险些失去平衡的骑士摔下去。默林的状况几乎不相上下。这里没有路吗？他问江。

这就是路，江说道。

骑行不允许扫视白茫茫的田野，咯咯吱吱的竹林挂着一条条雪带向你挥手致意，一串串平缓的山丘、一个个零零散散的庄园和村落不断地出现在他们眼前。一个信使随身牵着一匹浑身冒着热气的备用马，与他们狭路相逢，以为其中两个被六个骑士和一个伪装的平民护送着的陌生人是囚犯，询问他们犯了什么罪。即使考克斯和默林身子裹在皮大衣和毛毯里，脸上戴着抵御暴风的皮面罩，但他却从他们的个头和摇摇晃晃的姿态看出了他们是长鼻子，他们也许在这个禁止入境的国度里被抓起来了。

他们犯了什么罪？一个弓箭手冷笑着回答了问话——愚蠢的行为，他们唯一的罪责就是愚蠢的行为：他们要踏着厚厚的积雪去看长城，而不愿意坐在火炉旁热热火火地喝酒。

他说什么呢？默林问道。

什么也没说，江说道，他在和我们打招呼。

傍晚时分，他们几乎还没有走完紫禁城与第一眼看见长城之间的路程的三分之一。这时，一个烧炭工人正在一片松树保护林里砍伐冬天烧火的柴火，一看见这些全副武装的骑士朝着他走过来，立刻试图逃跑，却没有得逞。江安慰了他几句后，他才勉强答应让出自己的房子当作宿营地，而他则与一家七口人住进一个熏得黑乎乎的仓库里过了一夜。

一个骑士甩出一条绊绳拦住了他逃跑的步伐，逼着他卸下马鞍，一次又一次从一个装满高粱酒的皮囊里喝酒。这时，这个烧炭工人不顾眼前令人担忧的险境，开始高声唱起歌来。然而，到了第二天一大早，当大家不言不语地告别后，他边哭边举着双臂倒在雪地上：有一个弓箭手装作好像要强行劫走房东半大不小的女儿，把那个给他递上面包袋的姑娘一下子拽到自己的马鞍上，卷起一股雪风驰电掣地狂奔而去。

大队人马很快就追上他，他笑呵呵地放开了那个浑身颤抖、泪流满面的姑娘。姑娘先是穿着拖鞋，几步之后就只穿着长筒袜踩着厚厚的、湿淋淋的积雪回到父亲的房子里。

江对这一切保持沉默，考克斯同样被那个骑士的粗暴表演迷惑了。此时此刻，他看见艾比盖尔，他被死亡劫持的女儿就横卧在那个骑士的马鞍前。他愤怒地表示抗议，但却不知道说什么好，用什么威胁的举动来表达自己的愤怒，以便让这个劫持者明白，或者警告他别恣意妄为……是的，尽管他一下子又十分痛苦地回想起艾比盖尔，但他却太胆怯，太软弱，难以和这个粗暴之徒扭打起来。

可是该死的，江为什么不闻不问坐视不理呢？他为什么眼睁睁地看着这一切而沉默不语呢？

谁不怕这帮武士，江说道，那他就是不了解他们。

他们在驮马一起运来的两个帐篷里又度过了一个寒冷的夜晚。第二天正午时分，巨龙突然出现在山岭、岩石林立的山包和山峰之间，以至于考克斯在默林的一声呼喊之后才发现了这奇迹。周围尽是山林，在积雪的重压下发出嘎吱嘎吱的响声。他们艰难地穿越过一片碎石滩，来到一座上面稀稀拉拉长着松树和桑树的小山包上，仿佛历代皇帝的长城看上去就像一条被风卷起来的、悬挂在山顶和岩峰上的彩带，其间点缀着一个个城垛和烽火台。

长城将一片片荒无人烟的山地内外彼此分隔开来，却以近乎丰姿优雅的远景，蜿蜒曲折地盘绕在崇山峻岭上，越来越修长，甚或变得窈窕，然后消失在一片昏暗的无限中。随着山脊的走向，它也改变着方向，以便在一次又一次变换之后又绕回到昔日下落不明的建筑师们和将军们那梦寐以求的路线上，穿越过一串串从咄咄逼人的防御工事收缩为模糊不清、星星点点的烽火台。

没有一个骑士发出停止前进的信号，但大家都像遵照命令似的停下来，注视着眼前的堡垒看得入神。它隐没在一片似乎没有道路、处于原始状态的荒芜中，在数百年的进程中没有一次被突破。

这就是……默林开口说话了，但仅仅说出几个字就又戛然而止，他简直无法描述这个矗立在一个开始融雪、荒无人烟的冬日景象之中的庞然大物在他心里起了什么样的感受。在融雪水窃窃私语和咯咯的笑声中，鸟儿开始歌唱。像长城一样，它们的声音好像也把人们引入那无边无际的境界里。听起来，仿佛一个千重回响的歌唱就是长城本身，同样延伸到远方，犹如那一连串远远消失的烽火台和城垛一样；它们依靠这样的歌唱，要征募新兵，保卫领地，或者警告来犯的敌人。

好奇怪，经历了如此多艰辛的、仅仅被两个短暂的、几乎不眠的夜晚中断的行进后，他们停步在这山包上，默默地观望着，这突然成了他们旅程的目的地。一个守边士兵或捡拾柴火的人从远处观望着九个骑士和他们的驮马，恐怕会以为这队人马是一座纪念碑，一座立式雕像，要么是纪念发生在边境上的一次战斗，要么是缅怀凯旋或阵亡的帝国保卫者。这时，没有一个骑士下马。尽管背部疼痛难忍，但考克斯和默林宁可坐在皮面马鞍上，也不愿站在一片被雪水浸透的林地上。在这片林地上，只有付出艰辛，才有可能弄出一块干燥的休息地来。

江挥起右臂指向东方说：金山岭，又挥起左臂指向西方：司马台。他们到达目的地了。

在一座座矗立在山丘、岩峰和山顶上不计其数的烽火台行列中，那五个堡垒群无疑会坐落在什么地方，它的模型将会成为一个献给皇帝的时钟的金色外壳。

那么继续往哪儿走呢？下到谷底去，从那里攀上下一个与这个几乎毫无两样的山包，一直这样走下去？

还没等到考克斯做出决断，或者哪怕只是权衡一下，他是真的要去寻找那五个烽火台，或许这样仅仅寻找的是一个风景画家的想象，要利用他的特权登上长城墙头，还是最好就满足于它们那宏伟壮观的景象。可就在这时，这些全副武装的人的坐骑中有一匹满身花斑的阉马，嘶叫着扬起后腿，而那个沉浸在观望远方、也许在打盹的骑士难以快速地挺住身子，便丁零当啷地摔下马来，一头栽进雪地里。

他的马突然这样一跳，全副武装和挂在他身上的武器，诸如盾牌、帽盔和胸甲等都未能使他免遭坠马的命运。这对考克斯来说，是如此奇怪地打断了那陷入沉思的宁静，使他只能艰难地压抑住一种在他的内心痉挛似的冒出来的笑声；他将从喉咙里蹦出来的东西掩饰为咳嗽，轻轻地咳了一下。然后，他才看见了箭头的长柄：一支如同涂了漆而闪闪发光的、摇晃着飞去的箭头深深地扎进马的脖子里，又从一个血流如注的洞里钻出来。

多么不言而喻的事情，不禁让人想起一些机械的、与齿轮连接的运行过程。伴随着这一幕，发生了接着这次攻击所发生的事情。

随着被风吹起的树叶旋转的轻盈和速度，骑士们听从低声的命令，围着三个受命保护的人和那个坠马的同伴，形成了一个紧密的圈子。这个同伴虽然身上披着盔甲，还有武器重负，但他却跃上一匹驮马，刚一坐上马鞍，就已经把一个箭头绷在弓弦上。在这些天的旅程中有一个名字为柯的人，也就是他，在紧急关头好像第一次充当了指挥者，示意三个受命保护的人把身子紧紧地俯在他们坐骑的肩隆上，免得成为被人继续射击的靶子。柯是考克斯记住的这个队伍中唯一的名字，因为它很短。

那匹受伤的马被从圈子里赶了出去，此刻它一再高高地跃起，扭着脑袋试图蹭掉脖子上那个让它痛苦不堪的箭头。与此同时，它宛若一堆鬼火围绕着骑士圈子翩翩飞舞，这样也许干扰了另一个埋伏窥探的弓箭手或长矛手瞄准他的目标。

周围可以听到的仅仅是那匹被击中的、惶恐不安的马儿的响鼻声，却听不到来自看不见的敌人的喊叫声、咆哮声，也听不到守卫者的一句话，一个个上了弦的箭头和长矛从守卫者紧密的圈子里指向四面八方。然而，在苍穹之下，只有黑乎乎的山林静卧在融化的冰雪铠甲里。这片林地没有留下任何陌生的印记。

考克斯把身子深深地俯在马鞍扶手上，眼睛距离皮面只有一指宽。过了漫长的一两分钟后，他也不敢抬起头来，什么都看不到也听不到，既听不到默林的声音，也听不到江和他的保护者的响动。他只看到眼前的皮面，突然不由自主地问自己，它曾温暖过哪个动物呢，什么时候和在什么情况下这个动物又被杀死了——被猎杀的？是在一个屠宰场里被杀的？他闻到了脂肪、熏烟和湿淋淋的皮毛的气味，身子开始收缩进皮毛里，收缩进一片毛茸茸的苔藓里，收缩进一个变得又大又惬意的巢穴里，一个毛皮庇护所里。他可以把自己隐藏起来，变得让人看不见。由于没有任何东西可以比得上它，所以这个庇护所把一切都包裹在它的怀抱里，避开了任何压力，坚不可摧，因此让每一个寻求它保护的人都不会受到任何伤害。

在母亲的怀抱里，常常也是这样的情形，那样温暖，那样安全，同时又那样令人惊慌失措；母亲把他高高地举到面前，晃来晃去，而他则把脑袋埋在母亲的皮毛披肩里。母亲一直披着这样的披肩，怕她的颈背受到穿堂风的侵袭，直到她去世。哪怕有一丝冷气掠过她的脖子，都会使她坠入日日夜夜的痛苦中，剧烈的头痛会将她禁闭在一个被遮蔽得暗无天日的房间里。在这些日子里，只要看到一丝光线，她都会觉得如同针刺，宛若刀割。

唯独儿子那几乎让人感觉不到的温暖的呼吸会透过她的皮毛披肩，滋润她的心灵，缓解她的疼痛，最终让儿子的体重变得那样轻盈，甚至与她的身子融为一体，仿佛她刚刚才怀上了这个与她分担痛苦的生灵。孩子时而也会在母亲怀里莫名其妙地哭啼。

考克斯身子俯在马肩隆上，从皮面上反弹回来的呼吸温暖着他的脸。这时，他沉浸在童年的回忆中，暖融融的。

他没有感到寒冷。在一种惬意的疲倦中，他偎依在母亲用皮披肩保护的脖子上。这时，他感觉到默林的手搭在他肩上，于是便从皮面上抬起头来，那是一个双峰骆驼的皮革制成的罩子。

从他遁入母亲怀抱以来，有多少时间流逝了？

默林和江已经又挺着身子坐在马鞍上，周围都是愤怒的武士，他们凝视着四面八方，箭头直指可能的目标。他们中也有两个端着滑膛枪，一会儿指向这儿，一会儿指向那儿。考克斯也挺起身子，鼻子里弥漫着皮革的气味。

什么都没有发生。后来什么都没有发生。接下来也没有发生什么。一个箭头。这就是一切。那个把武器对准皇帝武士的弓箭手始终见不到人影。他要么是一个部落的成员，因为他们占有优势，所以才敢于反抗那个无边无尽地建造长城的人；要么他就是那样孤独地与自己的愤怒和麻木为伍，以至于他能干的一切事情无非就是一个表示，一个可笑的信号，而他胜利的喜悦仅仅在于，至少有一阵子引起了皇家武士的注意，以此证明了卑躬屈膝和低三下四的顺从并非是人们用来对待一个万寿无疆的人的唯一行为。

毫无疑问，拦路抢劫犯估计也是以类似的冷漠态度对抗法令的。然而，在这里，他们却看到了全副武装的武士，并且有可能轻而易举获得猎物，却因此一无所获，他们感到扫兴，便用一个箭头来抗议自己的弱小。啊哈，或许这一箭也不过是一个猎人误射的，不知是哪一个饥肠辘辘的山林人，他此刻惊恐万状地躲藏在灌木丛中，祈祷这帮怒不可遏的人千万别发现他，让他遭遇后果严重的误射，因为有可能这样的一次攻击，他就会十分痛苦地死去。

考克斯的脑海里萦绕着这些问题，紧紧围成一圈的人马慢慢地开始松动了，最终散了开来。这时，考克斯至少心里明白，他再也不可能继续观赏长城了，无论接下来怎么看，恐怕都没有了宁静和深邃，哪里还比得上在受到埋伏袭击之前那沉醉而静谧的观望呢。从现在起，每个目光都必然会被高度的警觉和戒备状态弄得模糊不清，因此，长城再也不可能为考克斯提供制造火钟外壳的样板，同样也无法超过他按照一个壁毯图案业已绘制而成的最初图样。

柯现在毫无疑问是这队人马的指挥者，他的任务是把两个英国客人安然无恙地带回紫禁城，无论他们还要在这荒谬的郊游途中看什么。如果他拿他们的生命去冒险，那他自己的生命就会危在旦夕，即便他会成为唯一一个幸免于接下来遭受袭击的人。这个被赤松覆盖的山包就要成为转折点。巨龙从这里展现出无与伦比的宏伟壮观和不可战胜的气势。柯没有与江商量便做出决定，必须折返，回到紫禁城的安全保护中。

那个坠马的武士把被击中的阉马的马鞍套在一匹驮马身上、拉紧血淋淋的皮带，并且打算用他的利剑给这个遭到袭击的唯一牺牲品赐予仁慈的一剑，结束它痛苦的挣扎，因为它绝望地蹦来蹦去，精疲力竭，痛苦不堪。这时，柯摇了摇头。于是，这匹没了马鞍和笼头的阉马还踉踉跄跄地跟在向谷底走去的骑士后面走了一会儿，由于失血过多，身子虚弱得一再跌跌撞撞；它艰难地挣扎起来，接着又倒下去，直到消失在岩石林立的什么地方。

江试图给两个英国人翻译六个骑士对遭到暗算的这一箭所给出的种种猜测，但他却发现，无论是默林还是考克斯，两个人都心不在焉地听着。考克斯的心依然在长城上，恐怕还会久久地留在长城脚下。

长城本来是要保护一个帝国的文明进步和富丽堂皇免遭外部沙漠野蛮民族侵扰的，恰恰在它的阴影下，仅仅一个箭头就迫使一队皇帝的武士收兵回营，这使得无边无际难以想象的长城顿然变成了一条一直延伸到天际的灰烬印记，在季节阵风里化作漫天飞舞的碎片，灰蒙蒙的。

九　安——心仪之人

在返回帝国中心途中，香气浓郁的春风一直陪伴着他们，仿佛这些骑士不曾遭受冷箭袭击的屈辱，从长城的考察旅行中带回了珍贵的猎物。和煦的春风顺着他们行走的路线，洋溢着春天各种各样无与伦比的馨香、歌唱和声音。他们越是接近目的地，春风就越少地掠过一条条雪带，到后来只是掠过泥泞的田野和被冬天脱了色的草地。

即使在北京郊区的大街小巷里，融化的雪水加剧了粪便和散发着臭气的垃圾在排水沟里漂浮的速度，可在一切臭气的上方却弥漫着湿漉漉的苔藓、树林的土壤和冲刷得闪亮的岩石的气味。画眉热切地欢唱着冬天的结束，模仿着从敞开的窗户里传来的生命之音的卡农曲——一个婴儿的哭叫声、一个烧水壶的歌唱，或者一管竹笛唉声叹气的音符；一个无名的学生面对他老师的教鞭战战兢兢，反复绝望地演奏着同样的音列……从一座座庙宇的香炉里升腾而起的烟雾仁慈地遮挡住了昏暗的天空，遮挡住了瘢痕累累的灰泥墙面上一片片的水印和一个个让人想起麻子脸的地方；子民们感受不到沐浴在朝廷光泽照耀中的温暖的幸运。

这队人马来到师傅的同伴们居住的客房前，四周是一片宽大的花园，马儿在松软的黑色土地上践踏了数十个刚刚开始绽放萌芽的幼苗。然而，追逐阳光的生命却具有超强的力量，在这样的时刻如此强大，使战马留在苗圃里的蹄印最多不过是对破坏力无助的回忆，并不比唯一一个射向长城的箭头更危险。

到了房门前，骑士们便把他们奉命保护的人交给了四个感到无聊的侍卫，随之无声无息地消失了，那样突然，如同他们在几天前，也就是在一个看样子早就逝去的季节里出现在师傅的下榻地一样。

布拉肖夫和洛克沃德端着两个盘子从房间里走出来迎接。盘子里有一些最近滚好的香球在燃烧，蹦蹦跳跳地画着小圆圈，释放出薰衣草和风信子的香气。二人惊讶地目送着骑士们远去的身影：他们仿佛与他们的马儿、胸甲和盾牌融为一体，慢腾腾地离去。在他们的帽盔上，一束束羽毛绽放出紫禁城血红色的火光；在镶着虎皮条纹的马鞍上，拇指盖大小的琥珀珠晃来晃去，数百万年前被包在其中的昆虫经历了无比漫长的时间——银蜘蛛、草蛉，甚至蝎子遭到缓缓流动过来的树脂的袭击，被团团围了起来，因此而解脱了吞噬一切的时间进程，或许类似于万岁爷。

在离去的武士牵着的一个个缰绳和笼头上，一束束用宝石雕刻的火焰闪闪发光，标志着真龙天子不仅拥有统治时间，而且也拥有统治火光，也就是太阳和星星光芒的权力，因为太阳和星星光芒以不计其数的色彩和形态，把一切沉睡在尘世黑暗中隐藏的生命既小心翼翼又不可抗拒地拽了出来。武士们以他的名义为自己开辟了穿越一个个花园或战场的道路。

我们干吗不拿这样一个武士当模特，按照他的模样制造一个玩具钟呢？布拉肖夫反问道，一个英雄玩偶，它在四季面前鞠躬，用它的帽盔羽毛显示风的强度，用利剑和盾牌报告时辰？

武士们活得不够长久，难以胜任计时器，而飘扬的头饰，一旦被战马的铁蹄踩入烂泥里，即使刮起狂风，它也依然一动不动，默林说道。这时，一个太监趴在地上，用他又脏又旧的灰袍子擦去默林靴子上的泥土。

在接下来阳光明媚的春日里，考克斯原模原样地保留着那些金色的烽火台、长城和火钟的整体外壳，对此没有进行任何改动。看样子，仿佛他以这个形式预想到了那实实在在的情景，而他骑马前往长城，只是考察一下他的想象是否在所有细节上符合一个个真实的存在。然而，当洛克沃德和布拉肖夫终于可以不再为时钟制造那馨香的燃料，并且又共同与默林投身于它的机械系统时，师傅好像对新时钟失去了兴趣。

万事俱备，技术问题都迎刃而解了，用绘图墨水绘制的设计图纸就等着精密机械师去实施，考克斯一如既往，每天早上一一吩咐，检查，纠正，表扬。然而，在工作日的其余时间里，他总是退隐到工作坊一个上面画着竹叶、用樱桃木做的九折屏风后的昏暗角落里。在那里，那只中国式银帆船被遮盖在丝巾下，免遭灰尘和穿堂风的侵害。它会穿越时间，穿越一个孩子的永生扬帆起航。它在等待着圣上的鉴定，等待着皇帝惊叹或失望的目光。躲在屏风后，隐身在一片描绘得郁郁葱葱的竹叶里，考克斯开始在这只已经完工的银帆船上进行修正和补充，而不要同伴们的帮助。屏风上的竹叶出自一位无名的宫廷画家之手，画得栩栩如生，简直到了以假乱真的地步。默林声称，他似乎能听到风在竹叶里低声细语的鸣唱。

考克斯改进了发条室，用一些精密的构件替换了锚形擒纵装置和运行调节装置，仿佛在完成一个天文计时仪。是的，他为第二个隐藏在船舱里面的时钟装置又安装了一个传动系统，最终剪短了一个玩具装置的音舌和圆滚。这个玩具装置能用来播放关于太阳的三首儿歌的旋律（考克斯不知道别的儿歌）。

在自动机械和钟表历史上，还从来没有人制造过像这样一个音乐机器。甚至连同伴们都惊讶地抬起头来，只要他们一听到师傅躲在描绘的竹叶作品后哼唱，而且从他的车床旁传来清脆的、与所哼唱的旋律在音调上完全如出一辙的音列。

中国式帆船现在仅仅是艾比盖尔的玩具，按照它的制造者的意志，它也会有一个声音，并且在它的船舱里还有一个与船帆上的风力完全独立的时钟装置。这个时钟能够依靠一个在舱壁上闪闪发光的锚形擒纵轮的精密环链上发条，计量一个与孩子的时间进程迥然不同的时间进程。

这个秘密装置似乎会把考克斯本人的时间与女儿的时间连接起来，只要一个观察者的呼吸或仅仅穿堂风鼓起中国式帆船的风帆，至少会是如此。难道他曾视为生命和幸福的东西并没有伴随着女儿的死亡和妻子的沉默而停止吗，如同一个运行储备完全枯竭的时钟？

就像这个隐藏在船舱里面的时钟依靠锚形擒纵轮环链的牵动又可以运行起来一样，考克斯也是每天醒来，只要对艾比盖尔和法耶的思念掠过他的心头，充满他的心灵，他才会过得舒心一些。这种思念使他不加思考地遵循着一个打算、一个计划、一个皇帝的任务，让他持久不断地继续工作、呼吸、说话、沉默……

然而，每当对最爱的亲人的渴望无法实现将他推入空落落的悲伤境地时，他就会彻底变得心灰意冷，一如既往。在这悲伤的状态里，他再也不可能思考，再也不可能回忆，只能精疲力竭地遁入梦乡里，为了踏上寻找故乡的旅程，同样也被纷乱的梦幻弄得麻木，继而被驱逐。

只有苏醒和面对那一张张面孔、一双双眼睛，对艾比盖尔的微笑或泪水的思念才能促使他让自己的时钟运行起来；他把那闪闪发光的微型锚形擒纵轮捏在大拇指与食指之间，牵动环链，直到它绷紧，在深深地呼吸之后，靠着一声叹息，充盈中国式帆船上的风帆。

于是，两个时钟同时运行起来了，虽说不是同步，却在一个将它们连接起来的空间里。艾比盖尔的时钟在穿堂风或人的呼吸的驱动下，也许会永不停息地围绕着一个沉淀在爱心之中的时间轴旋转，即使他自己的时钟在船舱里面早就不知不觉地停止了。

考克斯现在终于可以独自与艾比盖尔的玩具为伍，为思念她的每个声音、每种颜色和光度附加一个弹簧、一个齿轮、一颗钻石或宝石。中国的皇帝委托制造一个时钟，可在他连一眼都没有看过之前，或许已经把这事忘到九霄云外了；他始终有一大堆事缠身，要日理万机，因此，这时钟就变成了师傅的手中之物。考克斯将出于皇帝的一时念头和因无尽权力财富而产生的东西变成了一个闪闪发光的、承载着他的回忆的运载工具，它一夜又一夜地反复消失在一个丝罩下，因为那个占有一切和统治一切的人对此没有提出要求。

考克斯从屏风后走出来时，同伴们久久以来第一次觉得他好满意，甚至好快乐，他们很少看到他露出这样的神情。中国式帆船显然已经扬帆驶出了皇帝的视野，他们也是这样理解的。在这位皇帝看来，他统治天下留下了许许多多的血迹，这时为一个人濒临生命的终结而制造的时钟比起那童稚的初衷变得更为重要。

一个被尊崇为万寿无疆的统治者，如果说他的权力在战场上、刑场上和四面八方都深深地扎下了根，因为在那里，唯独结果才有意义；因为在那里，臣民、被征服的人和不顺从的人的鲜血和生命在流失，那么他为什么还会关心这样的初衷呢？

这位皇帝下令让金银、钻石和红宝石哗哗地流到他的英国客人手里，无论他们需要什么加工材料，都得到了无以复加的满足。在这种富裕中还感到陌生的他们则心想着，从这哗哗流来的宝贝中产生了义不容辞的责任，那就是全力以赴为实现一个无比崇高的愿望而努力。然而，他们肯定没有注意到，一个拥有一切的人也会轻而易举地忘记最珍贵的东西，而他也不会发觉丢失了什么。是的，有时候，他甚至会忘记不可挽回地逝去的时间，即使对一个万寿无疆的人来说也是如此。

当天气暖和起来，午间甚至会变得炎热和尘土飞扬时，考克斯中断了也向同伴们保密的、隐藏在中国式帆船里的第二个时钟装置的制造工作，开始投身于船舱运载之物的制作；那一个个盖子要依靠精细的钢簧打开和关闭，要让微型寓言动物和神鬼从一个个圆桶和匣子里快速地冒出来报告时辰和日期。

他用合金银板剪切的小精灵和仙女替换了咄咄逼人的神魔鬼怪，给他们细巧的肩膀上焊接上一只只翅膀和一个个锻打的白金光环，让一个个蓝宝石星座就像围绕着天极一样围绕着主桅杆的顶尖旋转，以此把孩子的时间进程的机械运动拓展为星座的运动。不然的话，艾比盖尔会觉得无聊，最终不仅时间，而且星座的运行停止了，太阳好像被钉在苍穹上，月亮似乎冰冻在夜晚的黑暗里。

考克斯心里明白，把火钟交给同伴们去打理，他一万个放心。他现在可以暗地里把心思全部放在艾比盖尔身上，并且通过屏风躲开江的目光。每一丝微风、每一丝呼吸，只要掠过中国式帆船的风帆，使它的机械装置运行起来，发出悦耳动听的声音，都是一个游戏。它似乎会让丢失在时间和空间彼岸的小女儿感到幸福，或者至少让她笑起来。

当风帆在他的呼吸助力下转起来时，考克斯有时真的以为听到了女儿的笑声，听到了好像永远沉默的东西。片刻间，他为之感到高兴，他沉浸在梦幻里，以至于同伴们听到了从他遮人眼目的屏风背后，从那描绘的竹林里传来他的笑声。相反，面对同伴们，师傅变得越来越寡言少语，甚至连默林也不例外。在这些天里，考克斯除了说起一个个技术问题和吩咐继续制作火钟外，一句话也不和他们多说。

一个像考克斯这样的人会躲在他的竹林里独自与回忆为伍

多久呢？三个同伴在一次回家路上自问道。他们从工作坊出来，穿过紫禁城西门回到客房，回到此间已经鲜花盛开的花园。考克斯对他当下的状况始终十分清醒，他的想法和灵感不仅来自于梦境和悲伤，也来自于活生生的人和活生生的世界里不计其数的声音、颜色、声响以及形态。

如果他一味专注于这银色的中国式帆船，那么他或许抱有怀疑，虽然付出了所有的心血，辛辛苦苦干了几个月之久，但这玩意儿对一个类似上帝的人来说还不够完美无缺，还不够高明？然而，无论什么时候，这个作品毕竟也要完成，就像迄今的每一个自动机械、每一个时钟一样。在这儿或在利物浦、曼彻斯特和伦敦，师傅把一个个设计草图送到工作台上去实施，至少过后他真的又会回到他们的群体里。即便按照他所经受的一切痛苦来看，没有任何东西能变成曾经的样子，但是没有人会比他心里更明白，时间既不会倒流，也不会停止。

随他去吧，他想怎样就怎样吧，布拉肖夫说道。这时，默林又一次失望地从那竹林里走回来，他想和沉默寡言的考克斯聊一聊的努力又化为泡影了。大家只有任其自然，别再管他了！

事情发生在初夏多雨的端午节赛龙舟的日子里。为了怀念一位近乎两千年前出于对流放的绝望而跳江自杀的诗人，人们在这些日子里举行各种龙舟比赛，渔夫们把糯米球和加了调味的鸡蛋扔进水里，将美酒洒在波浪上，为了使食肉鱼和深水里别的食肉动物要么变得仁慈，要么醉醺醺，以此来阻止它们吞食这个溺水故去的诗人尸体。

这个不幸的诗人叫屈原，从战国时代以来，也就是从他自杀那天以来，屈原脖子上始终系着一块石头，安息在湖南省的汨罗江江底。在他那双许多世纪以来都睁着的眼睛里，始终映现出碧波荡漾的天空。在这几天里，一个个血红色的龙舟队伍穿过天上的云山竞相划去。

江也感到忐忑不安，难以说出所以然来，在这节日的第三天，当音乐声和逐渐消散的欢呼声越过紫禁城那攻不破的城墙传出来时，为什么卫士们一大早就开始围住英国师傅的房子？一些不声不响的守卫者，神情呆若木鸡，他们在上午围成了一道密不透风的封锁线，无论你从哪个方向试图进入这房子，都必须穿过四道肩并肩站在那里的全副武装的侍卫防线。

谁要是受到这样的防线保护，那他或许要查看一下，如同在紫禁城许许多多的楼阁宫殿里，有时候天刚蒙蒙亮，一些由侍卫陪同的朝臣就要查看一下，在一排排房间最隐蔽和最黑暗的角落里发生的事情是不是符合天子的意志。江心里知道的唯一忠告是，在英国客人的房子里，在这个时刻，最好只说住在这个地方的人应该说的话，只做他们应该做的事。

考克斯被进入这里的侍卫们的声音和他们踩在石子路上的嚓嚓声吵醒了。他站在百叶窗前，密切地注视着封锁线的形成，不禁浑身发抖。然而，当同伴们来上班时，封锁线便自行打开了，让几个感到诧异的钟表匠默默地穿过去。有几个武士紧紧地站在工作坊窗户前，以至于他们的影子不时地掠过那一台台机床。或许这并非是一次查看，而这一次似乎也会组成一个护送队，又一次护送考克斯前往长城，为了让他能认识和纠正江向上报告的火钟外壳上的一些误差或取决于保守秘密的细节？

不管什么等待着他们，江说道，大家只能听从他的忠告，避免在窗前观望，回到各自的工作岗位上。于是，他们乖乖地坐下来干自己的活儿，连考克斯都是好久以来第一次和同伴们在一起：他收拾好银船泊位上的工具和闪光的部件，清除了上面的银屑，擦洗了车床，把丝罩盖在那个看上去完美无缺的帆船上，离开了他的竹林，啥话都没说，便开始在共同的工作台上用一种流沙和磨成细粉的海盐组成的混合物打磨火钟的一个燃烧盘。

默默地俯在各自的工作上，无论是英国客人还是江，谁也不去观望那五个闪耀着红色和黄色、分别由八个太监抬着的轿子。面对它们，卫队的封锁线再次退向两边，等它们过后又合拢起来了。

洛克沃德每天晚上低声吟诵着《圣经》，有时也会大声或结结巴巴，以至于布拉肖夫或默林指责他，甚至威胁他要用抛光的猪皮堵住他的嘴巴。看到这样的情形，或许会让人想起红海来，它在摩西和希伯来人面前分开了，让上帝的选民在高耸的水壁之间滴水不沾地踏着海星、贝壳和珊瑚穿过去……然而，洛克沃德也是提心吊胆地等待着上边的查看，却装着好像完全沉浸在以机械方式实现一个皇帝幻想的思绪中。这种实现有可能使工作坊里的每个人变得富有，也有可能将其推入无情的深渊之中，在最糟糕的情况下甚至会掉脑袋。

随后传来了一阵笑声！钟表匠和他们的翻译、侍卫们、下了轿子的达官显贵，甚至连那些刚才还在翘起的房顶上争吵不休或者为新的领地欢声歌唱的鸟儿都突然静了下来。在这宁静中，唯独可以听到那笑声，一种响亮的、如同出于纯洁童稚的快乐或兴奋而发出的笑声。

接着，两个全副武装的侍卫推开通往工作坊的大门，后面跟着一个身着绿色丝装的男子，面颊塌陷，胸前有一只用银线绣上去的仙鹤。这些英国人抬起头来，看到卫士们跪在庭院里耀眼夺目的阳光下，看到一顶顶闪闪发光的轿子，看到一面面旗帜、一杆杆长矛和一顶类似于展开的龙翼的华盖飘动在一条由几排时而跪下时而站立的武士形成的通道里，最后看到那个女人们陪伴左右、笑声不断的人。大家听到了皇帝的笑声：乾隆，这个世界的主宰，从阳光里走到阴凉处，踏过门槛朝他们走来。

跪下，江低声说道。他自己已经跪下了，汗渍渍的额头抵在地上。然而，这些英国客人好像没有听到他的话，如同凝固似的，被包围着他们的富丽堂皇彻底弄蒙了。

乾隆身穿一件用紫丝和金线编织的长袍，上面绣着龙爪和天蓝色云带。只要身边有一个女人大声对他说一句话，也许是文字游戏或谜语的一部分，他都笑出声来。甚至连穿着毫不逊色的宫女们也笑得那样无忧无虑，仿佛她们陪伴的不是皇帝，而是一个恋人、一个朋友，甚或一个兄弟，无论如何是一个快乐祥和、情绪高涨的人；也许任何一个无形的遥远的敌人都必然会怕他怕得要命，但是每个在他近旁的人却不用怕他。

侍卫们在外面的阳光下等待着，但是他们把围着房子的封锁圈收得那样紧密，以至于他们似乎刹那间就能挺身而出保护万岁爷。

乾隆真的没带贴身侍卫就踏进了英国师傅的下榻处，边走边笑，只是由三千多妃子中的五个陪同着。妃子们的毕生任务就是保养自己的美貌，作为最珍贵的财富，为了共同和其他夫人一起帮这个笑声不停的人，把紫禁城时时刻刻、日日夜夜变成一个人间天堂。

这个无比伟大的人是多么矮小，几乎高不出他的女人们一个头。他此刻向跪在地上大汗淋漓的江走去，以一种最终又洋溢着笑声的语调命令他，向英国师傅翻译正好在他的妃子圈里口口相传的那句话：显而易见，这个游戏要求在最短时间内，最大可能地应着皇帝抛给这欢笑圈子里的一个词、一个名字或一句诗。

江是房间里唯一下跪的人。考克斯、默林、布拉肖夫、洛克沃德，个个惊诧不已，宛若用螺丝钉固定在工作台上，仿佛他们难以相信，面对一个笑声不断、专注于文字游戏的人下跪，还要额头触及地面，这真的会符合法令：快乐开心和无比敬畏并非迥然不同，水火不容，以至于人们把这两个行为融为一体，必然会是一个后果严重的错误，一个错误，后果会如此严重，就像要用油或满满一勺水银来灭火一样。

如果这个世界的主宰笑起来，那么整个地球都必须跟着他一起笑吗，无论是跪着还是站着？或大声？然而，没有他的许可，即便只是微微一笑，或许这也是对圣上不可饶恕的冒犯。没有朝臣、没有礼仪师给出建议，而江大汗淋漓默默无声地跪在皇帝和他心爱的女人面前。

那些女人此刻也转向翻译，仿佛现在该轮到他给她们的游戏里添加一个新词了。江连一个目光都不敢回应。他觉得这些目光就像下雨般的火焰燃烧在他的皮肤上。然后，他终于说出了皇帝命令他要翻译的那个词，但却说得那样低声，于是有一个女人轻轻地、几乎温情脉脉地拽了拽他腰带一般长的辫子，如同拽着一个小铃铛的绳子，嗤嗤地笑着鼓励他，应该把刚才低声说过的话大声重复一遍，大声些！而江再次低声说出了那个英语词，这对皇帝和他心爱的女人们来说无非是一个陌生的声音，可对这些客人呢，虽然可以听懂，但却完全莫名其妙：猴王。

再说一遍，这个妃子嗤嗤地笑着说道，再说一遍！

猴王，江一边重复道，一边将目光掠过乾隆，投向空虚中，仿佛伴随着这个词，他正好说出了自己的死亡判决。

五个陪伴女子中，那个也许最年轻但毫无疑问风姿过人的女子穿着一身天蓝色锦缎，与皇帝的红黄色龙袍上的云带色彩一模一样，她试图模仿江的英语翻译。与此同时，她赋予那些字母一种从未听到过的节奏，也赋予这个词一种如此异国色彩的腔调，让三个英国人不由自主地微笑起来。唯独考克斯依然呆若木鸡，是谁在这儿像歌唱一样说话呢。此时此刻，皇帝柔情绵绵地触摸着她的脸颊，仿佛这个词的颤动、洪亮甚或温度还可以在她的面容上触摸到。正是那个在大运河上从他身旁一闪而过的姑娘，正是那个在血染的雪地里下了轿子的姑娘，正是那个遥不可及的美人，她曾经进入了他的视野，清晰，闪亮，却不可企及。

这姑娘能回想起来吗？这女子能回想起来吗？在她的面容上，他觉得就像在一面呵上气的镜子里同时隐隐约约地看到了艾比盖尔和法耶的妩媚，这个公主能回想起来吗？考克斯依然摸不着头脑，在这些女人中只能看到公主，这仙女似的美人能回想起他们在一个秋日里，在大运河中心的邂逅吗？她还能认出此刻呆若木鸡的皇帝的英国客人吗？

她的目光扫过他，扫过同伴们，好像十分警觉地感受着从那宽大的、透过敞开的门投射进来的黄道里看到的一切，但是立刻又一闪而过，仿佛存在着一个确定的、精确测量的、所有她关注的物体和人同样都应当享有的时段：也就是说，她的目光掠过考克斯，掠过在工作台旁发愣的同伴们，掠过火钟一个个金色的烽火台（洛克沃德正好给火钟填满了木灰，要测试燃烧盘下面的天平杆的精确性），最后像阵风一样落在屏风的竹叶上。这时，她指着屏风。她的动作明确干脆：

瞧那儿，那后面是什么呢？

江还没有听到一句似乎允许他站起来的话，因此朝着屏风爬去，仿佛他在执行一个只是下发给他的命令。随之，有一个女人大声喊道，他应该站起来，像人一样走动，而不是像一只睡眼惺忪的幼犬。就这样，他最终挺起身来，将屏风推到一旁，但却毕恭毕敬地站在旁边，如果他让人看到的东西不符合人家的期望，他便可以随时到场：一个玩意儿。一个隐藏在丝罩下的玩意儿在等待着有人揭开它的面纱。江深深地弯着身子，无法看到皇帝的容貌，但无疑却感觉到，乾隆真想看看隐藏在他面前的一切，于是便揭去银船上的罩子。

揭去罩子后，欣喜若狂的惊呼和赞美声听上去跟那歌唱般的猴王一词的翻译一样充满异国色彩。连皇帝也微微张开嘴，看样子，仿佛他要加入到妃子们兴奋的合唱中，但却保持沉默，走近中国式帆船，并示意考克斯靠近些。考克斯险些绊了个踉跄。他一边走，一边还要拘束地深深鞠躬。他心里明白，走向小银船的几步会将他与大运河上的美人拉得那么近；在他迄今的人生中，他还从来没有可能如此接近一个梦中形象。

那些女人，那些姑娘此刻都挤到这神奇的作品前，而考克斯感觉到，他那白银和白金锉屑在上面闪闪发光的工作外套轻轻地擦过公主锦缎长袍上的褶皱，顿感瞬间的接触犹如发生在赤裸裸的皮肤上。而在衬衫下面，他的皮肤因此快要爆裂了。

他觉得，这种内心喜悦的敬畏此刻一定会写在他脸上，让房间的每一个人，甚至皇帝都会看在眼里。宫女们真的都注视着他，并且笑出声来，但不是因为英国师傅浑身打起了冷战（没有人发现，他的工作外套擦过一个长袍），而是因为他出于不可理解的原因满脸变得通红，红得就像是一个做了不该做的事而当场被人抓住的小男孩。

怎么回事？

考克斯无心去听。

尽管圣上在场，无比专注，是的，全神贯注就是法令，但考克斯却无心去听。不知是谁显然冲着他说了些什么。一个男人的声音不知从哪儿传到他的耳朵里。

那是默林的声音？江的声音？皇帝的声音？

有一个宫女嗤嗤地笑着，比其他宫女的声音大。但这女子并没有注视他，她的长袍依然触碰着他的工作外衣。她扫视的目光好像静静地落在银船上。

你应该向万岁爷介绍一下小银船，江再次说道，虽然没有抬高嗓门，却比先前更加迫切：你应该向万岁爷讲一讲，这只中国式帆船是怎样计量时间和乘风破浪前进的。

当考克斯开始讲解时，他听到自己就像在白日梦里说话。那些女人、他的同伴、江、天子，他们都在缩小，是的：在他讲解时，他们以同样的速度缩小成一个类似的微小空间；在这个空间里，他在长城边上，在马鞍面的皮毛丛中，面对那个弓箭手的攻击，安全地保护了自己。所有在这个空间里，也就是在这只中国式帆船停泊的港口里的人都变成了一个个小玩偶，一个个属于艾比盖尔的银色玩具船的乘客。在这只船上，作为锡兵大小的考克斯师傅发号施令。

于是，他扬起风帆，接着又收了一两下风帆，为了让大家看所有的机动动作怎样流畅轻盈地进行操作。他抛下锚，又提起来，当然并没有指出它的作用也是为第二个隐藏在甲板下的时钟上发条。转动舵轮，让桨叶摆动出所有的调节角度。打开货舱口，让一个个精灵、仙女和保护神从一个个盒子、篮子和匣子里跳出来。深深地呼一口气，变成了张起风帆和驱动时钟装置的风力，演绎着童年的进程。打开一个个舷窗，白金炮筒便显露出来，按照一个个小巧玲珑的齿轮犬牙相交地运转，从张开的炮眼里纷纷扬扬地飞出水晶粉末，闪现着白色的微光，在工作台的木制海洋上制造出一种浪花飞溅的感觉。

此时此刻，皇帝也拍手称赞。他的手上压根儿就没有金光闪闪的戒指。他微笑着，让江告诉几个英国人：正统旗舰！正统旗舰又现身了。

到了初夏的一天晚上，乾隆和他的女人、门前的侍卫、提心吊胆地等待的朝臣，文官与太监又消失以后，像幽灵一样，谁也不会相信他的出现，没有人会相信的（万岁爷现身于几个英国人的工作台旁），江才给英国客人解释圣上为什么那样呼叫。

正统，一个早就为乾隆的祖先所憎恨的明朝皇帝在几百年前，也就是在他权力鼎盛时期下令将帝国统霸世界海洋的巨大船队付之一炬，沉入海底。一些巨大的装甲船只，每只船上最多可以容纳六百多名全副武装的航海者，因为他深信，中国的光芒变得如此辉煌和广阔，因此，其余的世界都会受到这种光芒的吸引，前来朝拜紫禁城的御座，缴纳贡品，俯首称臣。这样一来，还要海战、航海、探险航行干什么呢？

当然，也有另外一些声音，就在这天晚上，在考克斯一再疑虑重重地询问后，江也会这样说：船队被付之一炬沉入海底了，因为正统的星象当时已经摇摇欲坠，他的帝国濒临灭亡，这个不可战胜的船队的财源日益枯竭。然而，对中国的辉煌与灿烂的讲述，对中国的超级力量甚或不可战胜的信仰的讲述毕竟无比强大，胜过别的一切。因此，在明朝灭亡后的一百多年间，这种讲述依然战胜了所有别的解释，并且将这个旗舰变成了一个只能被皇帝的意志、但不能被世界上任何敌人消灭的力量的象征。

正统旗舰。考克斯不得不克制自己，免得一时心血来潮，阻止皇帝，冒犯皇帝！因为乾隆突然伸出双手去抓住中国式帆船，捧起它，向垂挂的风帆吹了一口气，然后转向一个妃子，把小银船像一个闪烁的、沐浴在不计其数的宝石的光的折射中的襁褓婴儿一样递到她的胸前；他不是要赠送礼物给她，而仅仅需要一只效劳的手，需要一个少女，一个仆人。在这里，眼前的仆人应该捧起这玩具。尽管如此，这样的举动好像也在其他女人那化妆成粉白、涂着金粉的神色上留下了一丝嫉妒与酸楚的印记：为什么偏偏是她呢？为什么就不是我呢？

唯独在那个姑娘，也就是大运河上那个公主的脸上，考克斯发现了一种嘲讽的微笑。那个被钦定捧起银船的女人显然为皇帝的举动受宠若惊，因此她不得不迅速向旁边退了一步，免得捧着这宝贝失去平衡。考克斯觉得他的作品有可能丁零当啷掉在地上，遭到损坏，甚或摔得粉碎，因此心里又一次萌发了要去帮助这妃子并扶住她的冲动。

倘若考克斯触碰了一个只有皇帝可以触碰的女人的身体，那他就会陷入危险的境地。江看到了他的被保护人陷入了这样的危险，便狠劲地拽着考克斯的工作外套把他拉到自己跟前，以至于金属屑从褶皱里纷纷扬扬地落下来，从而失去了与大运河上的美人的锦缎的任何接触。

后来，被捧在妃子手臂上的银船摇摇晃晃地扬着风帆航行在天子和他心爱女人前面，真的像一艘旗舰，从工作坊受到限制的、被黄道画上了阴影线的光芒里走出去，进入耀眼夺目的正午阳光里。在朝臣、侍卫队和所有沉默等待的臣仆众目睽睽之下，银船扬着被夏日的微风张起的风帆，一摇一晃地朝着女人宫的乐园驶去——一条下了水的船，它的货物仅仅是一个孩子的时间，它也把第二个隐藏在甲板下、并与孩子永生的齿轮连接在一起的时钟载了出去，载入时间的长河里。那就是它的制造者的机械心。

闪闪发光的帆船此刻在色彩缤纷的队列中慢慢地将它的船厂抛到身后，并将永远从这些英国人的眼里消失。然而，无论它多么令人难以忘怀，首先留在朝臣们记忆中的却是这一天那闻所未闻甚至骇人听闻的事情：皇帝不带侍卫队，不带朝臣，无论是文官还是太监，仅仅由五个妃子陪同，但却不是保护，就这样踏进了英国客人的房子，在那里毫无保护地把自己交给了外国人的眼睛和外国人的耳朵，接近来自一个野蛮的西方国家的手艺人！难道天子这时真的忘记了他的王朝法令了吗？

相反，考克斯的记忆中只会保存一些很快就会变得苍白的背景，一些在尘世上轰动一时转瞬即逝的事件，它们轻若鸿毛，相比一个名字，音调的纯洁什么都不是。到了这天晚上，他再也沉不住气了，便忍不住去问一问，他从江那里得到了她的名字：安。那个姑娘姓安，正是安，他在大运河中央和工作坊窗前那血染的雪地里所看到的就是她。

可那是一个公主吗？江说道，怎么会是一个公主呢？明明不是什么公主。按照她的地位，仅仅是一个小宫女而已，一个妃子，别的什么都不是，不过是许许多多妃子中的一个。

关于她并没有什么流言蜚语，考克斯这天晚上连这事也要知晓，在紫禁城里没有什么流言蜚语，哪怕只是对此有一丝一毫的怀疑，圣上宠爱她，世界的主宰宠爱她，胜过任何一个女人，她有朝一日也许会摘掉她当今地位的一切标志，变成一个皇后。可也毫无疑问，每个接近皇帝最爱的人，敢冒天下之大不韪的后果，要么粉身碎骨，要么被撕得稀烂。

对每个不能自称为中国皇帝的人来说，安是一个光年遥远的星球，它按照一个不可理解的天体力学规律出现又消失在宇宙里。

十　立夏

从黄河流经的甘肃省传来了暴民造反的消息：圣上有成千上万的臣民被从自己的乡村和城市赶出来，踏上了逃亡之路。然而，当造反者在黄河岸边割掉几百个皇家骑士的脑袋，将它们堆成骷髅金字塔，并且把一座座城市全都变成了坟墓时，朝廷则着手准备从北京迁往热河夏宫去，其中包括军械、衣帽、艺术品收藏和金库等。

这个不可战胜的人又一次要在靠近内蒙古的崇山峻岭度过一个夏天。那里空气清新，没有粉尘，令人心旷神怡。他要在那里继续扩大他的诗歌收藏；每天早晨太阳升起之前，他就开始写诗，从不间断。在这些年里，两个负责皇帝个人信息的编年史作者统计，皇帝创作的诗歌累计多达三千六百八十七首。

在甘肃暴民造反的消息传来的同时，有一个从那里逃出来的骑士抵达紫禁城，他是唯一幸存下来的人，一再泣不成声地报告说，造反的人砍掉了皇家测量队全体队员的手脚，从被利剑剖开的肚子里拽出内脏，当着依然还活着的断手断脚的人的面扔去喂毛猪。尽管如此，这个消息既不会干扰也不会阻止朝廷搬迁的种种准备。

当然，这样和类似的消息绝对不会大张旗鼓地传播开来，只是在军队和朝臣封闭的圈子里传来传去。任何嘴巴不可靠的人，只要损害了对不可战胜的乾隆的信任，从保密者的圈子里把流言蜚语传到大街小巷里，朝臣们就会下令割掉他的舌头，或者用一种钢制的尖嘴勺将熔化的铁水灌进他的脖子里。

是的，无论来自他的帝国无比广袤的疆土的谣言和形势报告怎样四处流传，这位皇帝都满怀喜悦地期待蒙古和祖先满洲家乡的清新空气，心情丝毫不会受到影响。在他命令他们把兵权交回他手里之前，不管在哪个野蛮的荒漠之地出现造反者，都应该是他的将军们关心的事。通往夏天的皇帝之路如同季节本身一样势不可当，天经地义。

乾隆下令颁布一个个关于搬运军事装备、艺术品与钟表收藏、衣帽、地毯和书籍的决定。这一切要通过分成十九个部门的搬迁大军，排成无边无尽的队列浩浩荡荡地运走。在这样的时候，他最亲近的幕僚不时地会听到他一再陶醉在那一条条郁郁葱葱的山谷里，陶醉在那一道道平缓的、鸟声缭绕的山脊上，陶醉在那清澈见底的河水里，以及那条河沐浴在火山爆发形成的温泉里，每个温泉客人的心里都唤起了对昔日难以言状的幸福回忆。那时候，他们尚安然自在地徜徉在母亲的羊水里，听到世界上所有的噪音通过母亲的躯体消减成了一种温和的音乐。

乾隆不仅是他的帝国最伟大的统帅和诗人，而且也是其最伟大的建筑师。在热河，为了夏日在河畔休闲消遣，他下令建造了数十座庙宇和宫殿。这些建筑全都指向某些更加辉煌、更加灿烂的东西，而不是这个人。他为所有按照他的设想建造的建筑物都分别构想出一个名称，书写了一首首关于梦想变成建筑的诗句。与此同时，他天天清晨坐在床上埋头于他的书法，更有甚者，他把这些建筑物本身也变成了诗句，把木头和石头变成了诗篇。比如沧浪屿，松风桥，清晖亭，花神庙，或者畅远台……

在热河，没有一座塔，没有一面墙，没有一扇门不是由他那丰富活跃绚丽多彩的想象勾画、确定规模和命名的。

因此，有时候，在阐释皇帝意志的人看来，仿佛乾隆在夏天这几个月里不仅要隐退到祖先的家乡，而且也要隐退到自我意识的深处。这种自我意识无可比拟的豪情壮怀和丰富多彩在热河实现了向建筑领域的转变。就像是经过一夜安静而交织着热情的梦想的睡眠让人变得精神振奋，他就这样可以在秋天里回到紫禁城，带着满洲家乡那令人神清气爽的和风，吹拂帝国的中心。

在准备搬迁的日子里，江兴奋地给英国客人述说着他们的旅行目的地。那里一座座水库修建得如此漂亮，简直到了以假乱真的地步，人们难以分辨它们与自然湖泊的区别。在这些水库岸边，栖息着一百多种鸟类。它们在林中歌唱，让皇帝在诗歌里所歌颂的清晨的宁静显得更加深邃，更加祥和。晚风吹来，在围绕着一座座宫殿种植的小松林里荡漾起一种有节奏的呼啸声，听起来，仿佛群鸟的歌声，连同锤子的击打声和愤怒或惊恐的狗叫声汇聚成一种多声部的和谐的世界之音，洋溢着一种无论什么都难以扰乱的祥和。

在准备启程的这些星期里，朝廷上下整个就像一个蜂房，让一个个难以置信的重负压在一群不声不响的劳工头上，他们踉踉跄跄地来来去去。

一个个平日宁静的、打扫得干干净净沐浴在阳光下的庭院现在挤满了你来我往、穿梭不息，但同时却沿着条条严格规定的路线过往的人群，其中包括搬运夫和轿夫、驯兽师、马夫以及背着衣袋、抬着精美餐具的宫廷侍从等，还有其他一些更为莫名其妙的人员，他们负责运输装在皮箱子、皮盒子里的荷兰或意大利制造的望远镜和显微镜。对于它们的用途，大队人马只能猜测而已。

据说，浩浩荡荡的队伍多达四千五百人，有骑马的，有徒步的，有坐轿的，有乘镀金红漆马车的，一个队伍，从远处眺望，比如从北京周围一座座山脊上的观察台和眺望塔望去，它几乎与一个行军队伍没什么两样。由于这个队伍如同饕餮，沿途所到之处，无不令人望而生畏，一点都不亚于渴望得到猎物的敌人。

这些英国来的钟表匠和自动机械制造师也要与朝廷一起搬到避暑胜地去。因为制造时钟的工作必须在皇帝准许的近旁继续进行，而不是在遥远的都城里。在那里，工作会受到某些意外的干扰，比如材料短缺或供货商敌视外国人的阴谋等。在留下来的官员中，有不少人对这些英国客人所享有的种种特权都摇头不满，说三道四：不是连欧洲一些王侯甚或国王都已经徒劳地付出高昂的代价，企图换取紫禁城的接待吗？可现在，区区几个手艺人，不懂这个国家的语言，连一句话都说不好，日复一日地穿梭在他们的下榻之地与师傅的工作坊之间，仿佛帝国的中心就是一个游乐场，他们想来就来，想走就走，随心所欲，如入无人之境……

在一个闷热的早晨，尘土翻滚，而在风平浪静的林荫道上，只是懒洋洋地飞来飞去。前往避暑胜地打前站的队伍已经出发了，而一个个被想象为队伍后续的部门依然忙着把轻薄如纸的瓷器、玻璃制品和描绘着皇帝梦想的花瓶装进用鸭绒和棉花铺垫起来的运输箱里。每个部门都应该形成后续部门的前站，这样一队接着一队地准备，一定要让后续来的部分在抵达的时刻天衣无缝地衔接起来，仿佛从来就没有过停息。

热河有几个月处于冬眠状态。在这个时候，除了宫殿整体生活必需的系统之外，其余一切功能都进入停歇状态——并非出于节约缘故，而是因为乾隆这个地球上最伟大的建筑学家和建筑师深信，楼阁宫殿，甚至庙宇亭台都需要一定时段的休养生息，如同每个有机体需要宁静与梦想时段一样。在这些时段里，不允许听到大殿、通道、花园里有人的脚步声和说话声，即便在排水管道里，也只允许听到清澈的雨水或雪水潺潺流动的声音。

在终于轮到那个也要带着英国客人以及他们的工具、材料和即将完工的火钟一起前往热河的部门启程的前两天，江要求考克斯和默林陪他去一个地方，并没有进一步解释去干什么。一个遮得严严实实的轿子把他们送到一个考克斯从来没有进去过的庭院里，他只是大概能估摸出从他的房子到这庭院的距离，轿子晃了不到十分钟就到那儿了。轿子穿过的宁静让人可以推测，他们并未离开紫禁城。然而，上面画着茉莉花和龙鳞的遮光帘子却是无法打开的。当一个侍卫在一个宽敞昏暗的亭阁门槛前打开轿门时，江说道，除了几个负有使命的专人之外，谁也不许记住通往这地方的道路，因为万岁爷在这里保存着他无比心爱的珍宝。

他无比心爱的珍宝？金银珠宝吗？默林问道。

皇帝的珍爱连一片薄薄的竹叶都会变成一个珍宝。竹叶翩翩飞落下来，在一片映照着蓝天的水洼里变成了一个被风推动的、能挽救一个快要淹死的甲虫的竹筏，江说道。

尽管考克斯和默林多年前就已经在伦敦听到了有关乾隆嗜好时钟和各种时间计量器的许多神奇传说，而且考克斯公司几乎同样这么多年以来一直属于这种嗜好的供货商之一，但两人被此刻在灰蒙蒙的光线里所展现在眼前的一切彻底惊呆了。

台钟、摆钟、立钟、水钟和沙钟，甚至还有用金箔锤打和镂刻的太阳钟，它们在一个现在已经熄灭的火炬转轮的照耀下，一年四季跟着太阳每天旋转嬉戏。里面还有成百上千的机械作品，有的立在小平台上，有的保护在玻璃罩下，有的摆放在陈列柜里，它们呈现为一个名副其实的时间博物馆。在这博物馆里，也收藏了一些机械装置，连考克斯和默林这样的师傅也只能去猜测它们是怎样运行的。

在这齿轮、发条和钟摆嘀嗒、嗡嗡和低声呜唱的空间深处，在这让每一个珍宝都像呈现在浮子或光岛上的灯笼照耀下，考克斯发现了那个三米多高、闪闪发亮的圆锥造型，在其层层相叠、向上越来越小并越来越珍贵的框架上，有数百个小巧玲珑的形象围绕着顶尖一个空荡荡的、完全空空如也的御座在旋转，其中有玉石水牛、成群结队的挑夫、银色的田野上种植稻谷的农民、役夫、仆人和士兵。一个镶满钻石的玉制御座，像露珠一样晶莹剔透。在它的上方，一条条纤细的金线弯成椭圆形，串起一颗颗星辰和一个个星球，晃来晃去：一个红黄色的太阳、一个用珍珠母和白银塑造的月亮和一片用钻石、蛋白石和蓝宝石密密麻麻地点缀其间的北半球星象；它们表面上的运动按照一个分分秒秒、日复一日、年复一年地模仿天体力学的装置，可以让人看到时间的进程。天钟！

考克斯转向默林，可默林同样着魔似的凝视着眼前的艺术品，与其说是一个测量仪器，不如说更像是一个圣龛或圣物。天钟。在当师傅的最初几年里，令他当年的老师感到惊讶的是，考克斯在曼彻斯特参与了这个奇迹的建造，它是受东印度公司的委托，在布鲁克斯东和波麦瑞的手工作坊里生产的。这家英国贸易公司为了坚持不懈地拓展新市场，将天钟赠送给了中国皇室。

这个时间圣坛足有一匹马的重量，伴随着接连不断的困难、数以千计的工时和十分珍贵的材料，它几乎使布鲁克斯东和波麦瑞的手工作坊濒临破产的边缘，因为东印度公司毫不退让地坚持遵守合同规定的成本预算和供货日期。

阿里斯特·考克斯最终依靠两家伦敦银行的高息贷款，从其绝望的持有人大卫·布鲁克斯东和乔舒亚·波麦瑞手里接过了这个手工作坊。他不顾债权人的种种怀疑，用考克斯公司替换了其传统名称，并以此奠定了他在曼彻斯特、利物浦和伦敦很快就蒸蒸日上的企业的核心。

或许终有一天，雅各布·默林也会成为那样一个以手工作坊名义出现的公司的老板……终有一天。然而，默林依然仅仅是英国九百多钟表匠、宝石匠和精密机械师中的一个，他们日复一日地将自己的才华奉献给了考克斯师傅。从展馆昏暗的光线里，此刻凸显出了考克斯个人历史的一个里程碑：这个为中国皇帝制造的天钟，在整个英国都令人敬佩，赞不绝口，甚至连一些从未见过的空想者也为之五体投地。

在制造的年代里，围绕着这个神奇作品的传说纷纷扬扬，一个被奉为上帝的清朝皇帝那无法估量的财富，在一座禁止民众进入的城池里持续数日甚至数星期之久的各种宫廷礼仪演绎出一个个故事，各种礼仪比任何歌剧都更加宏大……这些传说或故事是那样令人难以置信，甚至有时像幽灵似的。所以，这个首先钟情于技术挑战的考克斯时而也抱以怀疑，真的存不存在这样的皇帝及其飘然于取之不尽、用之不竭的财源云雾之上的宫廷——或者是东印度公司有意虚构出了这个类似于上帝的人物，就是要为一个服务于自身商业利益的广告或行贿礼物所付出的巨额代价进行辩护。

二十多个管理者，江低声说道，他们在一个熟悉一切技术要求的特别侍卫队监督下，专门忙于把这些时钟按照一个精确的图样矗立在收藏室里，同样遵照一个由天文学家确定的时间进程又让它们静静地卧在那里。而现在，一伙身穿铁青色工作服的汉子又奉一年一度的命令，把那些皇帝每年都变换选择的时钟——这个未来的夏天反正有一百多个——用充着棉花和鸭绒的丝垫包装起来运往热河。皇帝在热河不仅要从诸如花开花落的自然过程，从白日、黄昏和黑夜的更替，或者从阴影的长短，而且要从这些钟爱的时钟看到并通过它们的旋律和机械响动与声音，也听到时间是怎样流逝的。

从来自曼彻斯特的天钟抵达紫禁城以来，每逢夏天，它都会乘坐一个为之特制的、由三十个男子抬着的轿子前往热河，然后在夏末又被抬回北京。

可这奇迹的制造者之一如今明明就近在身旁，而不听听人家的建议，怎样才能完全安然无恙地把这珍贵的家伙运到几百里之外，这是多大的浪费啊，江说道。人们为之只考虑到一个轿子，只考虑到轿夫小心翼翼的步伐，也从来没有对这种方式提出过质疑。然而，在过去的岁月里，部分拆卸运输和在热河又重新组装，甚至连北京那些技术娴熟的精密机械师也承受着极大的恐惧。他们都心知肚明，只要谁哪怕只是接触到天钟最小的齿轮，随时都有可能赔上自己的性命。

考克斯回忆道，当时，在这时钟里安装了由二十一种不同的金属、水晶和木料，以及打磨的玛瑙、琥珀和玉石等制成的七百个小巧玲珑的人物形象，还有二百只动物、九十棵全部用中国的木料雕刻成的微型树、一些用淡水珍珠绣成的瀑布，然后就是那个用金线串起来、笼罩在御座上方、钻石和蓝宝石星罗棋布的苍穹！另外，还必须按照另一个可以替换的类型制造和提供这个世界之景的全体人物形象及其全部背景——一方面作为由一个欧洲皇帝所统治的西方世界宫廷的组成部分，另一方面作为一个中国的皇家宫廷的组成部分；在欧洲和中国的宫廷上方，虽然有一个星球按照同样的运动规律在旋转，但其白天与黑夜时辰的长短却迥然各异。

于是，时钟的主人可以像孩子似的玩弄众帝国于股掌之间，无论什么时候都可以随心所欲地把任何人置于御座上，甚至会依照自己的喜怒哀乐给星辰命名，让它们升起又沉降。在西方世界里，要是没有布鲁克斯东和波麦瑞，恐怕再也不会有人能造出这样一个时钟，东印度公司在给英国王室的一封信里这样写道。在考克斯的商业文件里，保存着这封信的复写件，当作隐秘的回忆，让这时钟运转起来的创造力和精湛技艺并非来自于他在曼彻斯特的师傅，而首先归功于他本人。

可此时此刻，这个神奇的时钟就矗立在收藏室昏暗的光线里，展现在他眼前。在制造它的岁月里，这个时钟常常使他日日夜夜远离他心爱的法耶，让他在一个冬日的夜晚连艾比盖尔的降生都错过了，现在则要由默林和他一起做好运输的准备。江含糊不清地说道，充满敬畏，犹如在一个教堂或神殿里：准备好由三十个身强力壮的太监将它抬出紫禁城，抬到热河去。

经过四天耗费精力的拆卸工作，天钟最终被分解装在二十多个箱子和保险盒里。启程那天早上，天空开始下起了瓢泼大雨。刚一离开紫禁城，轿夫们就艰难地跋涉在埋没踝骨的烂泥里。有几条大街被一些先行的队伍踩得一片稀巴烂。

在英国，默林和考克斯曾经常常骑行好远的路程。此时此刻，他们宁可骑在马背上，也不愿意坐在轿子里，因为在轿子里，首先必然会听到的是那单调的歌唱和轿夫们的喘息声。然而，对洛克沃德和布拉肖夫来说，他们可是第一次坐在马鞍上。人家以此让他们这些没有贵族身份的人享受到如此出乎意料的荣耀，这当然很快就变成了他们的痛苦：到了下午晚些时候，两人都磨破了身子。有人帮他们下了马鞍，为他们在一个由六头水牛牵着的篷车上安排了还算舒适的座位。篷车满载着用油布包起来的地毯和装在箱子里的花瓶。在这被下个不停的雨水和烂泥弄得紧张的气氛里，连江也不敢去问一下，有没有一个朝臣愿意接受一个英国人坐在他宽敞豪华的轿子里。

按照朝臣们的期望，这次前往热河的旅程会持续七天之久，顶多是七天，但必须有一队后备轿夫随时做好准备，因为每每在前往避暑胜地的队伍里，都会有几个太监死于精疲力竭，他们承载着宝贵的重负，必须吃力地扛着它们走去，没有一声抱怨，也不叫一声苦。

轿夫们在瓢泼大雨里唱着歌，他们累得血在血管里沸腾，当然首先是为了在这些号子声里，让被禁止的喘息和拼命喘气可以掩饰为一段歌曲的重唱或节奏。

到了旅程第五天，雨停了。第六天傍晚时分，在缓缓离去的、树林茂密的山峦之间，迷雾开始升起，一道道飘动和翻滚的雾幔笼罩在一条被火山力量加热的河面上。热河的一个个塔顶耸立在雾幔之上。这时，承载着时钟的人马停歇下来。

所有的歌声戛然消失了，也包括轿夫们的喘息声。大队人马的领头人让大家停下来，命令传话人朝着那笼罩一切的宁静声嘶力竭地呼喊着：瞧那美妙绝伦的景象！那是对每个前往热河的朝圣者和漫游者无比珍贵的奖赏，因为大家经受了各种艰辛。领头人是一个肥胖的满洲朝官，在过去几天里，无论谁的行动稍有停滞，他就像一个无处不在的魔鬼出现在谁的眼前。他备受天子恩宠，宫廷里几乎没有一个人可以与之比拟。

然而，在挑夫们和轿夫们看来，烧酒则更加珍贵。这个肥胖的满洲朝官一边从一个个很大的套篓瓶里倒出烧酒，一边让传话人呼喊着，万岁爷甚至能让神灵之作变得更加完美，热河就是无与伦比的证明。

旅行者们要抬起头来，要洗耳恭听！他们都要抬起头来，观赏那一座座波光粼粼的水库。清澈透明的蓝天映现在水面上，空气中弥漫着鲜花的芳香，鸟儿在自由自在地飞翔。他们要赞赏那一只只飘动的云船，赞赏那一道道雾霭和那一朵朵卷云，星星的使者！

他们还要倾听潺潺流水，倾听沙沙松涛，大家都要洗耳恭听！如果他们不想在热河岸边一个断头台上失去耳朵和脑袋的话，那他们就得抬起头来洗耳恭听。然后，他们才又可以扛起自己的重负，庄重地走完他们与热河及其豪华相隔的最后一千步。

倾听吧！他们要倾听针叶林里那悦耳动听的风声，倾听那悦耳动听的涛声，倾听由万岁爷所创造的天堂那美妙的天籁之音。在这美妙的乐声里，这个该死的世界上一切嘈杂的声音和任何无用的声响都随之渐渐消去。

十一　哀逝

巴尔德尔·布拉肖夫在锡匠泰勒·布拉肖夫和妻子伊尼夫拉所生的十一个孩子中排行第九，他们一家生活在兰开夏伯爵领地。布拉肖夫眼看着到了那个天堂，却突然离开了人世，卒年二十九岁。

他整整一天都在竭尽全力，试图再次尽情享受骑马的特权。在过去几天里，他坐在一辆水牛车里，磨破的伤口几乎还没有痊愈。尽管如此，他却端直地挺在马鞍上。他死的这天，考克斯和默林时而骑在他前面，时而与他并肩而行，不断尽力纠正他的姿势。这时，那个官员发出了停止前进的信号，因为远方蒙上了一层薄雾的热河的景象要比这队人马迄今在前往避暑胜地旅途中所看到的一切更加美妙：听听吧！大队人马要停住脚步洗耳恭听。满洲朝官把两只形成贝壳状的空手捂在耳朵上，示意人们要这样效仿他。

后来，没有人可以确切无疑地说，为什么布拉肖夫的马，一匹强壮的骟马会突然嘶鸣着蹬起后腿，惊慌失措地狂奔而去。有几个轿夫声称，他们看到一只小小的毛皮动物，一只狐狸，或许一只狼崽从马蹄间一溜烟似的闪过。另一些人则深信，仅仅几只大牛虻落在了被马鞍肚带磨得鲜血淋漓的伤口上，叮得马疼痛难忍。眼下正是牛虻肆虐的季节，在这几个星期里，它们会把牧场的牛羊和拉车的马儿折腾得发疯。

唯一一个估计知道事情真相的人保持沉默，他是个挑水夫，一路上用扁担挑着装满水的皮囊，负责给无比宝贵的牲口供水止渴，而布拉肖夫的马正好要喝水。他似乎也只能推测，他所看到的，导致了这个受到天子保护的英国人的死亡。如果没人问起，他也不愿张口说话。谁受到万岁爷的保护，那他就不可能死去，也不允许死去。

那是风的缘故。一阵风吹来，从后面袭击了这匹马那深灰色的长尾巴，使之高高地扬起，瞬间张开形成了一个黑乎乎毛茸茸的扇形，比疲惫的骑马人还要大。这人仅仅感到一阵强风掠过身旁，却丝毫没有看到背后有幽灵作怪。只有挑水夫和这匹闻到了从皮囊里溢出来的水味，随之转向挑水夫的马突然看到了那个不可名状的怪物升起来，变得宽大，变得咄咄逼人。这匹骟马顿时吓得嘶鸣起来，蹬起后腿，一跃而起，狂奔而去，试图逃脱面临的危险。

这时，布拉肖夫还陶醉在那座被河面升起的雾气蒙上一层薄纱的城市的美景里，而且大概也因为停住脚步放松下来，一瞬间松懈了保持平衡的注意力。不管怎么说，他被从马鞍上抛下来，但却没有坠落在泥泞的地面上，而是左脚靴子缠在了脚镫里，至少被穿越荒野狂奔而逃的马儿拖了一里多地。在落荒而逃的路上，不知在什么地方，他的太阳穴无疑不幸地撞在什么地方，不是猛然撞在一块岩石上，就是狠狠地撞在一根被暴风刮倒的、早就被人遗忘的树干上。当三个骑马的侍卫最终赶上这匹马并使之停下来时，布拉肖夫已经气绝身亡了。

据说布拉肖夫是这个时钟队伍里三个亡者中的最后一个。这条通往热河的路最终并没有把他们领到夜莺和乌鸫围绕着欢唱的皇帝的避暑行宫里，而是让他们在途中命丧黄泉。然而，另外两个牺牲品——一个车夫，他在一座石桥上被自己的马车碾得粉身碎骨；一个轿夫，他死于劳累过度——几乎没有使行进的队伍停下来，在一个短得连让牲口都来不及饮水的间歇里被匆匆地掩埋了。可在这个时候，队伍一片激动不安，混乱不堪，满洲朝官的两个贴身医生一再竭尽努力，试图挽回这个英国人的生命，却无回天之术，全队人马随之停止前进。一个英国人，一个天子的客人和受到圣上保护的人就这样死去了。

热河好像飘浮在一道雾堤的上方，那一座座高塔、那一个个翘起的屋顶、那一座座庙宇和遍布山丘之顶的亭台已经近在咫尺。毫无疑问，似乎不到两个钟头就可以抵达目的地。尽管如此，满洲朝官还是下令在这发生不幸的地方安营扎寨。按照朝廷的法令，如果有一个人作为天子的客人、受到他的保护和呵护而不幸死亡了，任何行动和所有工作都必须停息一天，不许继续行进。

必须解除马车牲口的羁绊，必须离开轿子，并将它们整齐地码放成一排排，必须卸掉马儿和双峰骆驼的鞍子。甚至连远海航行的船只也必须按照这个法令抛锚停泊，或者当天气糟糕时，除了为保证船头能够应对巨浪而不可缺少的那一面以外，要降下所有风帆：当死亡把一个人的生命从皇帝的呵护中夺走时，这个生命的残余也必须静静地停一天。

傍晚时分，第一批炊火点燃了。之后不久，热河的使者赶过来询问这队人马为什么不进城。这时，布拉肖夫已经被裹在灰色的丝布里，静静地卧在一个灵柩上。灵柩摆放在一根明天一早就会突出于他的坟墓旁的花岗岩石柱前。几个英国人希望把同伴运到热河去，埋葬在那儿，而满洲朝官则不顾他们的要求，要把这个坠亡的客人埋葬在他发生不幸的地方，埋葬在这石塔旁边，让他这样与神鬼达成和解：这个坠亡的骑马人必须长久地陪伴着那些共同导致他死亡的鬼神，直到他把自己的故事讲给它们听，让它们熟悉他的生活。这样一来，鬼神才会让他平平安安地进入一个再也不存在时间和目标的世界里。

洛克沃德在布拉肖夫的灵柩前几乎跪了三个钟头，嘴里含混不清地嘟囔着连同伴们也不明白的祷告和祈求。这个时候，他竭力想把自己的泪水掩藏在合拢的双手背后，可泪水依然止不住地流了下来。当考克斯终于劝说他站起来去寻找宿营地时——由于那些在满脸泪水里低声说出来的、有可能对这队人马带来危险的魔咒，满洲朝官已经变得满腹狐疑。洛克沃德说道，如果没有了巴尔德尔，在中国或蒙古这次该死的冒险旅行，或者他们在这里无论去哪儿，统统都不再有意义了，彻头彻尾不再有意义了。这次不幸的旅程不过是一种惩罚，他要回家去。

这天晚上，默林始终沉默不语。他默默地站在布拉肖夫血淋淋的尸体前，默默地观望着几个太监怎样为死者净身，怎样将他裹在灰丝布里。他咬破了自己的下唇，此刻默默地坐在灵柩前。在利物浦、曼彻斯特和伦敦的工作台旁，他不仅和布拉肖夫，而且也和洛克沃德，考克斯公司这个最有天赋的精密机械师、钟表匠和金匠，一而再、再而三地讨论过一个个技术细节，只要一讨论起来，就是数个钟头之久。然而，在这个过程中，他一再混淆了两个人的大名。

唯独考克斯装着好像在悲伤和迷茫的时刻也能胜任负有英国使命的师傅这个角色。当江给他翻译满洲朝官的一个个意图和决定时，他似乎无动于衷地倾听着，把手臂搭在洛克沃德肩上，试图用这样的提示安慰他。他们要共同继续制造一个新的、与天钟不相上下的杰作，专门用来纪念布拉肖夫，一个为巴尔德尔立的纪念碑。但是他却暗暗地感到心有愧疚，因为与此同时，他如释重负地意识到，布拉肖夫是同伴中唯一一个让他不用费太大劲就可以替代的人。要是不幸降临到默林或洛克沃德头上的话，如果没有这两人哪怕其中一个娴熟的技艺，考克斯恐怕就难以完成已经大有进展的火钟了。

毫无疑问，巴尔德尔曾经是一个有天赋的机械师和金匠，然而，他会干的事情，默林和洛克沃德，还有他本人也能干。相反，作为难以置信的钟表驱动装置——钟摆系统、水、风和沙动力系统——的发明者，默林的才能是不可替代的。如果说有这样一个懂得平衡轮种种游戏形式，也就是手工钟表那跳动、嗡嗡响或无声无息地飞驰的心脏的技艺大师的话，那么除了默林之外，就非洛克沃德莫属了。

这三个各自领域的师傅此刻守在第四个的灵柩前。他们依然有能力把一个皇帝的愿望甚或梦想转变成机械装置，他们每个人在每个制造阶段也都能干布拉肖夫的工作。相反，如果没有默林或洛克沃德，即便是中国皇帝，充其量也只能期待得到一个平平常常的时钟，它不会超过那许许多多装在有软垫保护的盒子和箱子里、由这队人马运往热河的时钟中的任何一个。

虽然考克斯对布拉肖夫作为最优秀的工匠之一可以被替代而

如释重负，可他现在实在难以忍受摆在眼前的事实，布拉肖夫现在也像艾比盖尔一样走了，同样永远再也见不到了，他这样将他与自己心爱的小女儿相提并论。不管什么人都不可替代艾比盖尔在他心中的地位，不可与她相提并论。艾比盖尔是不可替代的，是不可比拟的，是独一无二的，无论死亡将她从他身边夺到哪儿去了。艾比盖尔是他的天使，将会永远陪伴着他，直到他生命终结。过去没有一个人，未来也不会有一个人这样受到宠爱，这样令他怀念。布拉肖夫现在走了，像艾比盖尔一样。

第二天早上，布拉肖夫的葬礼草草了事。在一个局外观察者看来，安葬好像是大队人马启程的一部分——人们拆除了帐篷，给驮运牲口又装上货物，用貂毛刷子清理了前一天落在轿子上的灰尘，把水牛套在车上，用沙土掩埋了炊火的余焰，以防引起森林火灾。一个裹在丝布里的外国人被埋在一根细高的石柱影子下的坟墓里。由于贪婪成性的蒙古狼的存在，坟墓比平常旅途上挖得更深。

考克斯怀疑，满洲朝官在确定墓地位置时真的也是这样想的。然而，在很快越升越高的清晨的太阳照耀下，呈现出这样的景象，布拉肖夫墓旁的那根石柱的影子似乎从现在起犹如一个太阳钟的指针，在一天的进程中掠过坟墓，消失，一个早晨接着一个反复再现，这样让布拉肖夫安息在一个时钟里面，而赋予其节奏的力量则是天体力学本身。

当三个挑夫用土沙和香火烧成的灰烬填埋墓坑，并遵照默林的吩咐把一些被热河水流磨光的卵石垒在坟头上时，马车夫们则拴牢车上的货物，在车夫座位上就位，排好了马车队形。只有三个英国人和江在无所事事和默默无声地注视着掘墓人干活，仿佛他们的同伴的复活或他们自己的生命与坟前操作的一举一动都息息相关。当最后一块石头垒在坟头上时，朝官示意队伍启程。

轿夫们开始唱起一首号子，它有一百多段，想必他们一天也不会全都唱一遍。在他们前方，热河已经近在咫尺。这座城市的一个个金色塔顶在眼前闪现，在阳光下充满希望的光芒，想必他们正午时分就可以抵达。只是在河岸的上方，还有零零星星的雾团像烟云似的飘荡。河水缓缓的涡流中，一层层去年秋日的落叶晃来晃去。白天似乎会变得夏日般炎热和晴朗。

近在眼前的这座城市的光辉莫非来自于这样的事实，圣上已经住进城里，他的存在让五彩缤纷的旗帜在微风中飘扬，激励着城里的臣民义不容辞地打扫大街小巷，用木灰碱液刷洗着大大小小的门，清理着一条条水道和一个个池塘里的垃圾漂浮物？有几个金色的屋顶闪闪发光，仿佛工匠们刚刚才铺好了最后的木瓦，拆掉了脚手架，此刻站在巷子里，陶醉在对自己完美无缺的杰作的欣赏中。从远处传来一阵阵敲锣声，侍卫队你来我往，轮换岗哨。皇帝真的住进他的夏宫了吗？

无论在这队人马还是在那一大群今天要在热河接待这队人马的仆人、太监和朝臣中，没有一个人能够或愿意发布什么信息。

皇帝向来独自决定，一个朝臣什么时候命令一个传话人登上涂着石墨的静好堂平台，让他以神父般的哼唱和一再反复的吟唱方式宣布，伴随着帝国的太阳大驾光临，夏天在这里正式开始。

圣上独自决定，他什么时候愿意露面，他什么时候不愿意露面，他什么时候凭着他的存在真的赋予一座城市灿烂辉煌，他什么时候让这种辉煌灿烂不过是回光返照而已。其实，这最多也不过意味着，这个世界任何地方，如果它不愿意遭受灭顶之灾的话，那它就必须时时刻刻准备着迎接天子大驾光临，不然的话，它就会化为尘埃和灰烬。

皇帝的意志实现了，而圣上不用为之亲临任何一个地方：抵达的大队人马几分钟内就散开了，消失在热河的宫殿或装扮成宫殿的杂用建筑物里，消失在马厩里，消失在池塘与桥楼之间，消失在石狮守卫的广场上和敞开的亭阁里。之后，这座城市又回归到一片被闪烁的炎热所包围的宁静里，其中几乎听不到一个人的声音。在两个彼此相隔遥远的地方，狗在狂吠，此起彼伏，它们显然因为大队人马的到来而惊慌不安。鸟儿在鸣唱，一个刚刚抵达的人也随之转过身去，朝着鸟儿鸣唱的地方望去。

鸣唱的鸟儿准保成群结队，不计其数。

乾隆下令在热河河畔建造了三十座宫殿。在他数不胜数的头衔中，有一个名副其实，那就是天底下最伟大的建筑师和业主。他进一步加固和改造了宫殿的这一座或那一座，使之变得坚不可摧，与此同时，也为它们点缀上花园、游乐场和公园，犹如童话世界。还没有一个欧洲人目睹过热河的天堂。考克斯和同伴们也许是第一批，而他们并不知道，他们之中没有一个人拥有外交知识，甚至连宫殿的管理人员也难说，圣上有没有在这里曾经接待过来自西方世界的秘密使者或客人。

有一个宫殿，官员分配给这些英国人和他们的翻译，包括一座宽敞的楼阁，当作下榻和工作的地方。连江也只能费劲去弄明白这人说话的意思。江结结巴巴地翻译着，这座建筑是去年春天才建成的，迄今只有善良的神鬼光顾过，从来没有住过人。

卧室和客厅全都呈现为蓝色，两个茶室是深红色的，工作坊和一个靠温泉运转的蒸汽浴室呈白色：空气的颜色，云彩的颜色，火与水会赐福于在这里必须完成的工作，保佑它蒸蒸日上。

楼阁像孤岛似的屹立在一个莲花池中央，周围架着四座小巧玲珑的木桥。在他们抵达的时刻，池塘里有两只天鹅在嬉戏。

十二　热河——在河畔

江一边帮着英国人摆放行李和工具，一边说道，在热河鸟语欢唱的森林里，孕育着一百多种鸟儿，它们的画像都保存在夏宫的水彩画里。在这些鸟儿中，有些鸣鸟的情歌和保护领地的歌声几乎能胜过任何人声的喧闹或至少能使之变得完美。按照皇帝的蓝图、梦想和想象，那条被温泉变得暖融融的河流是一些深蓝色的、点缀在这片鸟语花香的大地上的人工湖的天然水源，一片芬芳四溢、花粉弥漫和鸟儿欢跃的天空应该映现在这一个个湖面上，那是皇帝的意志命令下凡到人间的宇宙。

然而，在热河清新的空气中，江边说边用大拇指和食指拈起从一个金属盒子里散落在地上的银制小螺钉，仿佛他要模仿一只鸟儿啄食的样儿。在热河清新的空气里，不仅灰尘和喧闹在夏天几个月里被过滤和净化，而且统治的艰辛、权力、阴谋，还有疯狂的、任何违反法令的行为，都会淹死在血流成河的浪涛中。在热河，不存在法官和刽子手。任何一个在紫禁城里因传言而曾经受到非议或控告的人都不许踏进这行宫。在这里，笼罩着一种夏日轻松愉快的宁静，年复一年，只是时而被狩猎中断。

那么，在所有的臣仆中，只有俯首帖耳的才允许在热河度过他们的夏天吗？默林问道。这时，他已经坐在那扇他要把自己的工作台挪到跟前的窗户旁；只要他从工件上抬头望去，目光就可以掠过一些漂浮在水面上的莲花，落在松林覆盖的崇山峻岭上。只有俯首帖耳、毕恭毕敬的人？难道这不也意味着，这座城市的臣民不过是一伙奴颜婢膝的追随者、愚蠢透顶的仆人，是一群奸诈狡猾、比宫廷朝臣中任何一个竞争对手都善于伪装自己真实意图的阴谋者？

一位客人在热河也要注意他的言语和思想，江应答道，声音突然变得又小又低，因为在这里和在紫禁城里没有什么两样，隔墙有耳，隔墙有眼。在这里，甚至连一个怀疑者的表情都会被人看出来加以解读，保存在观察记录里，留作后用。

只是一个问题，默林说道，不过是一个问题而已。

然而，江已经转向另一个货架，沉默不语。货架上摆放着数十个小盒子，里面装着各种大小而且十分精细的螺丝，有镀金的，有镀银的。

伴随着安装和重新校正天钟，这些英国客人在天堂里度过了最初的七天。这个作品的守护者，一个来自北京的、被火印弄得面目全非的师傅及其服服帖帖的帮手们密切地关注着英国人技术娴熟、不会被任何犹豫中断的操作，时而满腹狐疑，时而惊讶不已，时而叹为观止。这样，只有这样，江告诉他们，他们今后也要如此来维护这神奇之作。

仿佛这个工作仅仅是一个已经在紫禁城里筹划好的开幕仪式的一部分。第八天完成安装之后，有人在蝉鸣广场上宣布了圣上大驾光临，夏天随之开始了。

当皇帝驾到紫禁城或别的任何一个戒备森严的行宫时，所有的眼睛都会朝着他——或者至少盯着那顶人们猜测皇帝就坐在里面的金贵轿子，或者盯着听说拉着皇帝的龙车凤辇。一个个华盖就像一块块盖在长长的队列头顶上飞翔的地毯晃晃悠悠地扬长而去，五彩缤纷的旗帜迎风招展，一片片旌旗和长矛摇摇晃晃地越过一座座大桥、穿过一条条仪仗街和欢呼雀跃的林荫道。

唯独在热河，许多涉及这位统治者来去的法令似乎都失效了。在这里，乾隆的来去如此不知不觉，如此不可阻挡，犹如黄昏，犹如拂晓，犹如黑夜降临。只有当在像蝉鸣广场那样的地方宣布大驾光临的消息时，人们才会意识到他的存在毋庸置疑，是业已完成的事实。

再说，每次大驾光临都和另一个引起轰动的象征紧密相连。在过去几年里，这些象征之一就是为一个点缀着紫色莲花岛的人工湖举行落成典礼。在众多的池塘挖掘者、园艺师和水利工程技术人员历经数月之久建造期间，人工湖岸被掩藏在一道高高的幕帘后面。幕帘拉得严严实实，上面画着原原本本的荒野情景。

在色彩缤纷、错综交织的焰火光线里，幕帘随之犹如升腾到星空上的火焰渐渐消去。四处飘落到地上的火花应该揭示和表明，圣上使得杂乱无序的荒野变成了一片映现出星辰、晨曦和前所未有的岸边花园的湖光山色。

在另一年里，象征则是一个呈现出王朝红黄色彩的瀑布，它的水源来自于一座隐藏在深山的水库。遵照这个正襟危坐在热河而让人看不见的皇帝的旨意，在一连串闪闪烁烁、五颜六色的火炬的照耀下，瀑布从一片耸立在城市上空的陡峭岩壁上飞流直下，卷起千重浪花。从一片赤裸裸的岩壁上飞流直下！在此之前，还从来没有过一条汩汩流动的小溪或山涧点缀其间。

而这一次的象征则是由几个英国人重新组装和展示的天钟，这个皇帝无比心爱的玩具，它被确定为大驾光临的象征，大驾光临实实在在的象征。在一个炎热的上午，江拜见了一个朝臣回来后说了这番话。凡是涉及英国客人的事情，江都必须向这位朝臣请示。

因为这个东印度公司的礼物（它毕竟为英国商人开辟了两条新的贸易通道）在递交的当天并没有呈现出如此无可挑剔的状态，如此完美无缺的精密。依靠这样的精密，天钟在英国师傅的手下重新开始转动起来。

皇帝要将他在夏天的大驾光临与天钟的第一声联系起来，并伴随着钟声确定了一个新的季节的开始，江说道，这也许是一个无与伦比的恩惠信号，是专门针对他的客人发出的。与一个瀑布或一个以火焰表演和火花雨形式揭示的人工湖所引起的轰动迥然不同，这毕竟只是供少数知情人观赏、保存在保险柜和珍宝馆里的珍稀宝物，它激起了朝廷的普遍关注，使之陷入一种蠢蠢欲动的境地。即使它是一个现实存在的确切东西，但只要它被保存起来，很少让人看到，那它就会因此被抬高到极端神秘甚或神奇的地步，并使得每个与之相关的人变得高尚。

一个来自天津的天文学家受命负责监督管理和守卫天钟，这是他迄今人生中至高无上的荣誉。他在为夏天做准备的一次会议上提议，让天钟在蝉鸣广场上展示一天，供人观赏。这个奇迹要展现给热河的民众，它是一个无可辩驳的证明，万岁爷不仅统治时间的开始和终结，而且也统治它的计量以及流逝的速度。然而，从皇帝身边始终没有得到对这项提议的答复，这个天文学家从此以后常常夜不能寐，提心吊胆，害怕失宠。

天钟矗立在一个只有皇帝可以涉足而没有窗户的地方，对着时光流逝亭的昏暗。月白色的珍珠母灯笼日日夜夜照耀着它。

天钟上雕刻或浇铸的、围绕着一个空荡荡的御座转动的人物的辉煌色彩不能受到射入的阳光损害，微小的朝廷小木偶那闪闪发光的服饰不能变得苍白，还有小武士的红色盔甲、善恶神灵的光环、公主们和妃子们的珍贵大衣、水牛、水稻、农夫、渔夫等，同样如此。

天钟顶端的小御座始终空空如也，直到这位皇帝走进亭子，将他自己近乎指头大小的肖像或一个他所赏识的遥远的统治者更小的肖像置于世界的顶端。在一个只有这位皇帝可以打开的宝盒里，备有十多个这样的统治者的小木偶像，以便让他所选择的世界任何一个主宰尝一尝滋味或开开心。这样一来，宇宙就专门围绕着继任者转起来，无非是为了嘲弄他，仅仅转几圈而已。

只有为数不多的人可以看到乾隆每每面对着无比心爱的玩具而陷入沉思的情景——几个妃子、贴身侍卫、钟表守护人和宫廷仆人，他们在这样的时刻隐没在亭子的昏暗里，等待着圣上的一句话或一个示意。他们就像回想起了一个玩耍的孩子。他时而把一个敌方统帅或造反的游牧民族首领的肖像置于天钟转动的顶端，要在这时间机器上看一看，别的任何一个人坐在这个不仅至高无上，而且天地也围绕着旋转的御座上显得多么可笑，多么荒诞，多么像一个幻影。

有时候，在这些充斥着齿轮装置的多种多样的机械响声的时刻，一个见证者会觉得，仿佛这个不可战胜的人看到他所有的对手或敌人无非就是他天钟转盘上一些小小的棋子而已，他先让他们占据他在宇宙中心的地位一会儿，然后再去消灭他们。

在抵达热河后的最初日子里，这些英国客人请求每个星期前往巴尔德尔的墓地祭奠一次，犹如朝山进香的下午郊游。然后，他们骑马前往巴尔德尔的太阳钟，考克斯已经在第一次祭奠时这样称呼那墓地，并且暗暗地联想到，布拉肖夫将会永远活在这个钟里面。

考克斯出于对同伴们的尊重加入了一次次祭奠活动，但只是勉强为之，因为这会不断地勾起他对位于海格特墓地的艾比盖尔墓的回忆。只有当巴尔德尔的墓地开始逐渐淡化为一个纯粹的纪念物，并且因为类似于一个太阳钟而让人忘记了它本来的命运时，考克斯才准备尝试着忘记，在这根犹如时钟指针似的高高耸立的石柱下面，有他一个出类拔萃的钟表匠在等待着复活。复活，在洛克沃德的祈祷中是这样说的。他一如既往地在墓碑前喃喃地祈祷着，有时候还会哭出声来。

一个闷热的七月天，在这些英国客人结束了工作坊的所有准备工作，费时地竖立起天钟后，他们终于打算开始重新着手完成火钟制造。这时，江告诉他们，圣上又有了另外的想法。这些英国客人要暂停所有的工作，等待着皇帝发号施令。

在等待、等待又等待着皇帝发号施令中，时间到了八月。考克斯和同伴们开始心里盘算着，这位皇帝乐意守着他固有和可靠的玩具来度过他的空闲时间，胜过对最新的机械试验结果的期待。

然而，伴随着一整天淅淅沥沥下个不停的雨声和弥漫着松脂、薰衣草和莲花芬芳的和风，那个改变一切的清晨来到了，考克斯和默林在这个时辰被叫醒了。西方的天空上，还有最后的星辰在闪烁，而在东方，热河周围的崇山峻岭显现出幽黑的剪影，弥漫着白天来临的红色和紫色。黑夜过去了。

万岁爷，江低声冲着这两个沉醉在梦乡里的人耳语道，现在，就在这个时辰，要当面给来自英国的师傅说明一个打算，一个愿望——不是命令，不是任务，只是愿望。这位皇帝没有命令，他有愿望。这可是夏天啊。在夏天，生活完全不同于在紫禁城里以及一年其他比较凉爽和背阴的季节。在热河就不存在什么命令。

考克斯急急忙忙、忐忑不安地穿好衣服。他知道皇帝在这个时分不是写诗就是吟赋，或者使他的书法技艺日臻完美，却不知道乾隆清晨还有其他一些严格保密的习惯。在侍卫和太监的陪伴下，江打着一把巨大的雨伞，考克斯与默林并肩跟着穿过一条条过道、一座座大殿、一个个广场和一个个围着墙的花园。这时，他已经担心天子任何后果严重的决定，一种可怕的预感。

尽管下着滂沱大雨，这条路向下通往河岸边，那里是一片沙滩，考克斯越来越感到迷惘。沙滩上撑着一个白色风雨篷，犹如挖池塘的人和挖井人在大热天里使用的滑动棚子。从河面上升起的雾气笼罩着风雨篷，使得那个不显眼的、几乎娇小的身影看上去离奇地遥远。他身上裹着一件披风，坐在一个软垫上，这群顺着河岸斜坡踉踉跄跄地向下走去的人抬头望着坐在那里的身影。毫无疑问，皇帝就坐在那里。

他完全独自一人。也许有一些侍卫和贴身侍卫伪装得天衣无缝，隐蔽在灌木丛中保护着他，但表面现象却告诉人们，万岁爷独自坐在热河河畔。

他微笑着，尽管只要谁在觐见期间直面皇帝的眼睛，哪怕只有一个瞬息，他就会被处以死刑。他一边微笑着，一边示意这些前来觐见的人拂去他们额头上湿漉漉的沙子，挺起下跪的身子。他们应该披上已经备好的灰色披风，在他面前摆放成三角形的软垫上落座：江在中间，默林在右边，考克斯在左边——只有两个英国人和他们的翻译！所有其他人要退到从风雨篷边缘垂掉下来的水帘后，不许露面。乾隆希望独自和两个来自英国的师傅在一起，向他们讲述时钟和时间的流逝。

这位皇帝现在和他们一起坐在一个火盆旁，就像一个牧羊人或渔夫。火盆里，松木炭和两个散发着无比美妙的芳香的锥形香火闪烁着微光……这个世界上最强大的人没有一丝九五之尊的象征，与他的拜访者没有任何两样，身子裹在一件深灰色的披风里，无论在行为还是衣着方面都不愿意与他们有区别，一个轻盈苗条、但无疑比这一圈人任何一个都矮小的人。这种情形比朝廷的奢华和他从紫禁城的礼仪中所熟悉的一切更加令考克斯迷惑不解，甚至让他惊慌失措：这位中国的皇帝不是作为类似于上帝、无与伦比的统治者，而是作为许许多多普通人中的一个。一个坐在河岸边的人，在风雨篷下微笑着，耐心地等待着，直到三个来访者就像忍受着痛苦如此惴惴不安、如此慢慢腾腾和小心翼翼，甚至像受伤的人如此笨拙不堪地在他面前坐稳。

如果说圣上在热河河畔的雾霭和雨帘后面能够变成一个人，一个几乎与他的臣仆们难以区别的尘世之人，那么两个来自英国的钟表匠或他们无语的翻译会面临着什么样的变化呢？

或者在这条河边，在雨哗哗地下个不停的清晨，至少在觐见期间，所有在场的人都应该彼此真的相似，甚至毫无区别——按照流逝的时间，那些直到空间极限都适用的规律则毫无区别，因为时间最终不仅消解了人与人之间的区别，也消解了有机与无机自然之间、每个东西与每个生灵之间的区别，无论它曾经获得或还会获得什么形态。

一个星球，一个被行星、小行星、卫星和陨星层层围绕的、其光亮在几十亿年前就已经点燃的太阳最终会留下什么呢？所有其他的，还有在未来亿万年要绽放的天光最终会留下什么呢？它们恐怕全都会在时间无情的进程中爆裂成一堆无名的粒子，爆裂成一堆原子的基本粒子。在说不清的未来，这些基本粒子在一切想象力彼岸的压力下，又会重新黏合成基本的构造，然后逐渐地旋转着、发育着、膨胀为前所未有的巨大、美妙或丑陋的形体……而这一切仅仅是为了在它们的生存期限终止后再次衰变成彻底的黑暗中所看不见的东西吗？

在四个围绕着火盆的人中，只有一个人拥有微笑的自由。其他人无语地坐在那里，出于对一条潺潺流去的河流的敬畏而紧张不安。在其他阳光明媚的早晨，这位皇帝在河岸边操起书法之笔，蘸上河水，以此在光滑的石板上写诗。那些诗文在升起的阳光照耀下蒸发了，使得石板又变得空空如也。这位皇帝就这样写着，看着所有的文字消失，并继续写下去。

天下着雨，乾隆此刻说得那样低声，仿佛他不愿意打扰从篷布上滴下来的雨水的乐声和河水的潺潺流动声。天下着雨。

这天清晨，圣上把他的英国客人召唤到河岸边，要在这里向他们吩咐一项工作。对此而言，他们迄今所有的工作——无论是在家乡的工作坊里，还是在紫禁城里——看上去都不过是预演、技法练习或对他们的能力的检验而已。因为，无论小银船、火钟或其他由他们构想和建造的、用于计量时间变幻不定的速度的自动机械和时钟装置多么高明，乾隆现在的愿望，不，他那变得不可拒绝的梦想所阐明的东西是如此充满幻想，又同样如此亲切可感，仿佛他在过去的岁月里共同与阿里斯特·考克斯及其同伴们做了这样的梦，共同与他们想象过那不可能的东西，就是为了有朝一日越过一切理智和逻辑的界限，使之变为现实：一个能够计量分分秒秒、时时刻刻、千千万万年、无穷无尽、永恒的亿万年的时钟装置，当它的建造者以及他们所有的子孙、子孙的子孙、子子孙孙没有穷尽地从地球上消失时，它的齿轮还会一如既往地转动着。

一个时钟，它超越了一切人类的时间，嘀嗒到星空里，且永远不会停止，而它的极限仅仅在于物质本身的寿命和秘密：即使那些无比耐久和无比珍贵的、必然用来制造这样一件艺术品的金属和珠宝会在难以言说的遥远的未来又分解成尘埃和万物最微小的暂时的组成部分，但在这个过程中似乎的确只是一个东西趋于消亡，而不是那超越了一切有限的物理原理。

如果说真的存在一种声音，乾隆说道，他沉默了良久，以至于考克斯和默林疑惑地望着江，期待着一个手势，一个会让他们站起来离去的信号……如果说会存在着一个最贴近时间流逝的声音的话，那么准保是那淅淅沥沥一成不变的下雨声，雨把天与地融为一体。每条雨线都把云彩、天空、花园、河流、城市、湖海以及万物与大地的黑暗缝合在一起。

考克斯还从来没有像现在这个时刻，在热河河畔如此亲近地感受到一个统治者的无限幻想和无限要求。世世代代的钟表匠和自动机械制造者，也包括他本人，跟眼前这位皇帝没有什么两样，都梦想过一些无穷无尽、永不停息地转动的齿轮装置，在第一次启动以后就再也不用上发条：永动机。

继那些在紫禁城里完成的技艺精湛的试样之后，皇帝现在要求他和默林所干的事情，两人已经在伦敦摸索了数年之久，但他们并没有真的接近一个解决办法。可话说回来，显而易见，乾隆的使者和密探也在欧洲偶然听到了那个传言，它不仅在大陆那些陶醉于玩具和地位高贵的宫廷里，而且也在许多给稀世宝物、自动机械和机器上安装螺丝的精密机械师圈子里四处流传。

倘若相信有人能够成功地使不可能的永动机变为现实的话，那么就非伦敦的雅各布·默林和阿里斯特·考克斯莫属了。虽然两人不是时间的主宰，但他们在时间计量领域无疑是不可企及的。这样或类似一些评价，想必乾隆的密探从欧洲带回来了。在这期间，恐怕没有一个天文学家不是依靠出自考克斯公司某个工作坊的时钟来测量天体运行轨道和宇宙动力的；也没有一个航海的船长在计算航线时不相信来自伦敦、利物浦或曼彻斯特一个航海时钟的精确性。这就是说，谁想象着那不可能实现的东西，即使他在欧洲和力学世界是个陌生人，那他也不用多问，很快就会听到默林和考克斯这两个名字。

还没等到考克斯在哗啦哗啦的雨声中鼓起勇气来询问万岁爷，这是不是一个永恒运行的时钟装置的设想呢，他是不是因此把他和他的同伴们从英国越过半个地球召唤到紫禁城里，乾隆便说道：

这个时钟的运行……正是这个时钟的运行，无论什么时候，无论什么地方，当一切变得宁静时，我就可以听到它运行的声音。正是这个时钟的运行把你们引领到了河畔这里。

十三　水银

一个永恒的时钟。千千万万时钟的时钟。永动机。

自古以来有没有过一个君主、一个统治者或类似于上帝的皇帝，曾竭尽全力要钻进一个臣仆的脑袋里，钻进他的心窝里？或者一个来自英国的钟表匠和自动机械制造师与这个相隔不仅半个世界，而且整个宇宙的中国皇帝同时产生了同样的念头，这真的可能吗？也就是说，这位皇帝和这个英国钟表匠超越了千山万水，超越了各种语言区域和思维体系，通过某些如同志趣相投的东西而心心相印？心心相印！即便这个世界的任何思想、任何法令和任何秩序都好像把这两个人不可弥合地分隔开来？

无论逻辑导致了什么结果，自从那天清晨在热河河畔相遇以来，考克斯就觉得与万岁爷志趣相投。是的，志趣相投。这个看上去极其柔弱但又无限强大的人，无论他穿着什么样的服装，有多少无法形容的头衔，显而易见，他像考克斯和默林一样梦想着同样的东西，梦想着一个时钟，其齿轮装置能够转动到一个无边无际的未来。

与设计这样一个作品相比，连天文学的天钟都显得是一些小玩意儿而已，因为它们终归有一天全都会停止转动，需要持续的能量输入，需要一个可以上紧的发条，或者一个雇工，它需要依靠一个链条，把一个被重力拖拉到地上的重量丁零当啷地重新拉上去。

这样的作品，它们几乎还没有发出第一次时辰的响声，就又失去了它们存在的意义。因为时间无动于衷地掠过这毫无用处的玩意儿，它的部件和齿轮短时就像冻结在一个永恒的当下，耸立在那缓缓向下飘落的尘埃里，然后化解成废墟和碎片，在接下来数千年的进程中变得越来越小，最终收缩成一切物质基本粒子看不见的量。

可是这个时钟，这个史无前例的时钟，即使它的部件经受不住时间进程的考验，但它的制造原理却延伸向永恒，因为等到这个装置的齿轮转动到那个时候，形式与形象就不再有什么意义，唯有永恒的物理定理会永远存在下去。

风、水、太阳热能、空气压力、电热与湿度测定的运动……考克斯和默林在伦敦和曼彻斯特不断寻找一些新型的、能够驱动一个时钟永不停息地嘀嗒的能源数年之久，似乎没有一个钟表发条，也没有一个手工或由世界的重力所产生的驱动装置会完成这样一个任务。这从一开始就是一个不容置疑的事实。

两人在位于海滨的绍森德附近甚至试验过一种仅仅通过月亮运行所引起的潮汐变换来保持运行状态的潮汐钟。然而，甚至连海岸线也常常只是像逐渐消失的交通道路一样，它们要么会被泥沙淤塞，要么会沉没在地质构造的灾难里；不是被超级强大的火山活动所毁灭，就是被持久的、直到世界末日依然起作用的腐蚀力量所吞没。

受到泰晤士河边冒气的垃圾堆和一个个巨大的屠宰场的通风管道排出的臭烘烘的蒸汽的启发，默林设计了一种气动机，它可以把废气转化为驱动力，比之前任何一种驱动力都能更加持久地维持一个时钟的运行。事实证明，在任何一个衰变过程中，物质都会释放出取之不尽的能量。

然而，像他们许许多多的试验一样，这次试验也中断了，最后被一个订单终结了。这订单被装在一个密封的手工纸制信封里抵达鞋街办事处，一个送上门的好事，极具诱惑力，不可推辞。再说，他们需要钱的地方太多，必须付给金匠、精密机械师等工钱，也必须购买有色金属和机器以及支付租金。可无论多么大有希望的试验毕竟短时不可能产生任何效益，只能带来一个赤裸裸的、毫无价值的、只有在数年的实践中才会转化为效益的成功。

他们要给彼得堡制造一只银天鹅，它能仰起脖子，扇动翅膀，甚至能自动歌唱。一只银天鹅，乌黑的眼睛要用打磨的缟玛瑙制作。沙皇为之不惜斥巨资，不惜为一个可笑的、毫无价值的玩具斥巨资。可它最终被造出来了。

在艾比盖尔安息的海格特墓地里，考克斯当年从他家里清除了所有其他时钟以后，对一种依靠有机物分解的热能以及在这个过程中产生的气体所驱动的齿轮装置进行了一次又一次绝对保密的试验。一个镶嵌到艾比盖尔的墓碑里，并且被波旁玫瑰所缠绕的时钟，大小不超过一朵紫菀花，要依靠地热和无声无息地在地下深处进行的分解过程来驱动，从而把他女儿的余生转化为一个钟盘。

从艾比盖尔的妩媚到生命原始粒子的转化，是转化！而不是分解，也不是腐烂，考克斯要读出他自己的生命时间是怎样流逝的。即使他的工作坊里一如既往地制造着无比珍贵的自动机械、台钟和摆钟，但对考克斯来说，艾比盖尔的生命之钟应该成为独一无二的、赋予他生命意义的时间计量器。只要有人惊讶地询问这墓地装饰，他就会说，这个时钟只配得上一个钟表匠的女儿，是她最后安息之地一个更加庄严的装饰，胜过任何石头天使或锻铁桂冠。

然而，没有人，甚至连法耶或默林也都不知道，这个装置通过一组十分精密的玻璃和黄铜管子向下延伸到海格特墓地黏土的黑暗里，与什么样的驱动力连在一起，并且为一个轻柔的平衡轮提供运行的能源。

默林无疑会有所感知，但他从来没有问过。当考克斯站在墓碑前，目光追随着镶嵌在石头里那缓缓跳动的时钟指针时，他总是会感受到某些欣慰的东西。那是艾比盖尔，那是她身体的一些分子，一些微小的、永恒的粒子，它们驱动了这装置，以此活灵活现地保存了对她的声音、双手的温暖和炯炯有神的眼睛以及闪闪发亮的秀发的记忆。即使这时钟的指针不会永远围绕着一根由生命粒子所驱动的传动轴转动，但却存在着希望。当这个英国最伟大的机械师和自动机械制造师已经追随他的女儿踏上那脱离了时间的道路时，这个时钟会比它的设计者更长命，会一如既往、日复一日地敲响柔和的钟声，报告艾比盖尔的死亡时刻。

不仅考克斯，而且默林也觉得就像是被万岁爷的新任务解放了。两个人毕竟始终寻求过永动机和一切钟表制造艺术那不可能实现的目标，不是像考克斯在海格特墓地那样完全保守秘密地进行试验，就是违背一切商业规则，自己承担不可估量的费用。甚至连几个发疯的贵族和几十年前皇家科学院为发明一个永远嘀嗒的时钟装置所提供的悬赏充其量也只能满足必要的基础研究费用。可是现在……

中国的皇帝现在给他们下达了一个任务，而要完成它，资金显然不受任何限制。谁要是看到了紫禁城一座宫殿那优雅的奢华，或者从蒙古的荒漠中拔地而起的夏宫的建筑图，或者数百年来保护中国免遭野蛮民族侵犯的万里长城那蜿蜒于崇山峻岭、穿越草原和沙漠、有城垛防卫的防线，那他就会心里明白，这个所有世界奇迹的主宰有能力且准备着为实现他的梦想付出难以想象的代价：黄金、时间、辛苦，还有人的生命。在每个世界奇迹的阴影下，都有一座万人坑。然而，如果说这个世界上真的有什么东西不惜任何代价才能获得的话，那么中国的皇帝恐怕也会得到它。

考克斯和默林开始列一个个清单，久久地估算和列出制造一个永恒之钟所需要的材料、贵重与普通物品：贵重硬木、打磨的玻璃、钢材、铅料、黄铜、白金、黄金、银锭、玻璃棒、摆链、钻石、红宝石和水银，首先是水银，一百九十磅水银。

在乘坐天狼星号帆船漫长的海洋航行旅途上，考克斯自愿向一群来自牛津的自然研究者提供了迄今在这样一些航行中所收集到的最精确的气压测量数据。那些自然研究者为了探究亚洲的季风气流扬帆远航，前往日本。考克斯公司的气压计不仅装饰了英国气象台的仪表盘，而且也一同属于备受青睐的手工制造的出口产品。一个气压计，如果它可以从水银柱的升降中得出云层走向、风力强度和有暴风雨危险等结论的话，那么它最终同样让人可以看到某些如同观察未来的东西。

每天五次测量和记录数据的一张张表格变得越来越长，考克斯和默林又共同重新拾起了一个想法。两人当年在英国寻找一些合适的自然力充当时钟的驱动时，觉得这想法太费事、太昂贵，也充满机械障碍，虽说没有彻底放弃，但却束之高阁了。

气压！上升和下降气压，它会让水银表面动起来，可以作为时钟装置的动力。只要大气保护层保护地球免遭来自宇宙的陨星和其他抛射体的伤害；只要云船扬起风帆穿越保护层那蔚蓝的天空；只要季风雨滋润着全部大陆，使之变得富庶；只要信风张起商船和战船的风帆，那么就会出现由气候或局部天气状况决定的气压差。一旦地球失去这个保护层，那就是世界和尘世时间末日到来之时，那么也就再也不可能测量年月、时辰与分秒了。

直到那个时候，一个从气压差中获取能源的时钟会把人类的历史划分成一个个大大小小的步子，显示出一个生命、一个时代什么时候开始，另一个什么时候结束。

考克斯兴奋地回想起在天狼星号船上的那天下午。当时，一只径直快速驶来的三桅帆船的风帆从地平线上升起来，最终显现为英国的战船，而不是海盗船。他和默林一起坐在阳光下的后甲板上，在一张概算表上计算着要往一只管子里灌注多少水银，才能使摆轮和齿轮运行起来。

计算得出，一次使气压哪怕只上升或下降一个测量单位的天气变化，也能驱动一个时钟装置运行六十多个钟头。仅仅在一天内，这样的气压变化不知要发生多少次，简直不计其数！考克斯回想起，他这天下午——舵手第一副手刚刚呼喊道，那只远方的帆船并非在骷髅旗下，而是在英国的彩旗下遵循着它的航线航行——说出了几个数字，得出了相应的结论。默林随之站起身来，走到他跟前，在他们的人生中第一次也是最后一次拥抱了他。

两个发疯的乘客映入舵手的视野，他把这幸福的举动归于如释重负的感觉，两人无疑在第一副手解除了警报时感觉到了舵手的目光。遵照船长的命令，舵手将航线向左偏移了两个罗经方位，因为有一个陪伴着牛津自然研究者的画家希望能更好地观看一群在船首波浪里舞来舞去的海豚。

一百九十磅水银……这些英国钟表匠为了他们的自动机械，可以要求把紫禁城的全部宝库洗劫一空，这对他们的供货商来说不再是什么新鲜事。可是水银！连江也必须在词典里查找这个词，就是为了翻译这个要求，他感到诧异，这种所需的原材料的名称类似于一个星球：水星。冬天之光。在宫廷天文学家看来，这个天体是一个不发光的星球，十分黑暗，如同没有月亮的夜晚大海，它统治着一个寒冷的冬天的黑暗。

在哪儿可以发掘出这种元素的矿物呢，江不敢说出他的第一个念头。要是说出来的话，似乎是他提议要开发一个圣地：在建设夏宫的岁月里，与热河的皇家宫殿一起，也修建了一个亭阁，亭顶为拱形，是用乌檀木做的星空，下面是模型景观，一个用花岗岩、玄武岩、大理石、水晶石和石英石建造的中国帝国的模型。这个模型的基面让考克斯想起了伦敦圣保罗大教堂厅堂的大小，展现出帝国所有的山脉、富饶的平原、广袤的沙漠和草原地貌，还有海洋、湖泊与河流，所有的城市和城堡……那一条条忠实于比例的边界则按照掠夺战争、灾难或权力政治同盟的变化而一再变化、拓展或重新划定。

就这样，那一条条边界蜿蜒于这个和那个方向，从一些通过战争赢得的地区又退回去，赋予这个模型一个有机的外貌，一个水母，一个变形虫，如同在呼吸，没有固定的形态，映现在狭条状的日光或月光下，光线透过亭阁一个个镀金的、作为光栅的瞭望窗射进来，让人想起经纬度。

长城，万里长城，这条长度令人难以想象的防护墙几乎穿越过这个模型世界全部的广袤，时而走向这儿，时而走向那儿，按照既成的军事事实，蜿蜒曲折，绕来绕去，仿佛这个人类最伟大的建筑物除了许许多多别的用途外，还要让那个人民大众赋予长城的名称充满意义：巨龙，它同样以无法比拟的力量保护着中国，坚不可摧地统治着她。

在世世代代建造的岁月里，千千万万死于劳累、疾病、饥饿和皮鞭的石匠、泥瓦匠、挑夫、木匠、砖瓦匠以及其他人都被巨龙吞没了。

一条条大江大河在闪烁，点缀着这个被巨龙穿越和顶上罩着布满珍珠的乌檀木星空的帝国：黄河、澜沧江、在西方地球仪上被称之为扬子江的长江、黑龙江和珠江。珠江与其错综交织如同迷宫的支流形成了一个繁忙的水系，其中隐藏着难以数计的财富。

在亭阁的乌檀木星空下，这些和其他一些在现实世界长达数千公里的江河从一座座高耸云天、被一条条珍珠母冰川覆盖的山峦里流出来，蜿蜒曲折地汇入黄海、东海和南海。然而，水流那银色的闪烁好像反射着一个挂在黑乎乎的天空上而让人看不见的太阳的光芒。那不是来自淡或咸潮水的光芒，而仅仅是一百公斤水银在闪烁。依靠水银，模型制造师们使得江河、海洋与湖泊奔流不息，汹涌澎湃。赋予帝国魅力的光芒是水银的光芒。

真奇怪，正是洛克沃德，他在为实现皇帝的最新幻想而商量和列举所需的材料时回想起了第一次参观帝国模型的情形。在一群满腹狐疑的官员和几个共同参与建造景观的手艺人与石匠的陪同下，这些英国人及其翻译在酷热难耐的一天沿着帝国的条条边境漫游了数个钟头之久，它是那样广袤，以至于一个像默林（他走在同伴们前面，已经来到一个遥远的护城墙前）这样的漫游者在那令人窒息的空气里超越了人们叫得应的距离。

有一个官员追上他，彬彬有礼地示意他跟着大家一起走。因为无论是在现实的边境旁，还是仅仅在模型边界旁，这儿和那儿都不允许任何人随便行动。

在这次参观过程中，除了那些水银河流和水域，洛克沃德对别的什么都不感兴趣。它们在这闪光的景致中显现为唯一运动的东西，一种莫名其妙的金属的闪烁，在参观者敬畏的脚步下几乎让人觉察不到一丝颤动。

洛克沃德不禁毛骨悚然地回想起了那天早上。当时，在伦敦的工作坊里，一只猫撞在了他两腿之间，将他绊倒了。他正要把一根装满水银的玻璃棒拿到工作台上，玻璃棒已经确定要安装在怀特岛上的圣凯瑟琳灯塔的大气压计里……这样一失足，便也无法保持平衡了。

玻璃棒的碎片散落一地，他的两脚和双手甚至额头都被划伤了，接着叮当一声的瞬间，小小的水银珠从碎片之间飞溅向四面八方，闪闪发光的猎物，不仅一只，立刻就有三只猫追逐着它们——而且不仅仅是猫。

艾比盖尔当时是一个三岁的小姑娘，她向来十分讨手工作坊的精密机械师和金匠喜爱，她的出现常常让他们中断手里的工作。在洛克沃德踉踉跄跄地跌倒之前，她试图抓住其中的一只猫，然而徒劳。她先是惊恐地看到洛克沃德跌倒在地，然后玩起了可以轻而易举地抓到手的银色小珠子，且正要把其中一个往嘴里塞。这时，从绘图桌前关注了这个不幸的考克斯一边吃惊地呼喊着，一边冲着他的女儿扑过去。当他从女儿已经放到嘴边的小手上打掉水银珠时，她开始大哭起来。

在亭阁的乌檀木天空下参观的过程中，洛克沃德第一次听到了水银的中文名称，江在回答默林关于江河湖海的光芒的问题时一再低声说着这个词，而他则急切地在一些密密麻麻地画着英文字母的纸页里翻来翻去：水银。

这时，艾比盖尔的哭声又萦绕在洛克沃德的耳边，他不敢直面考克斯。考克斯就站在不远的地方，身子靠在模型世界边缘，沉浸在观察投射在扬子江波浪上的反光。

然而几天以后，在早晨商量制造永动机的材料时，也提到了购置水银的事，江却不敢说出距离最近的来源。这时，洛克沃德说道：那些大江，那些河流！中国南海。要这黑暗的亭阁里的模型景观干什么呢？我们要让这个帝国枯竭。

十四　时钟

在来自英国的精密机械师的影响下，中国的几条大江大河干涸了，这一下子在朝廷上下引起了轩然大波。在延续数百年之久的朝廷秩序中，还从来没有任何别的干扰如此让朝臣们、将军们、礼仪师们以及专门从事维护墙体、翘起的金色屋顶或油漆地板的工匠们感到愤怒不已。

黄河、澜沧江，还有被视为神灵、让魔鬼和人类融为一体的黑龙江，它们都日益变得细小，它们的水位不断下降。它们那银色的、与其说真的看得见不如说让人隐约猜得到的波浪被抽进一个个玻璃花瓶里，并由太监从黑乎乎的亭阁运送到那个四周莲叶荡漾的小岛上。连一些精明过人和无比明智的臣仆都弄不明白，皇帝居然赞同把水银江河湖海改道流进一个朝廷上下开始憎恨的机器里：一个机器，它要让人间正道脱离井井有条的秩序，指向不受时代限制的永恒！

这个帝国的模型似乎由于引流它的大江大河而变成了一个形象危险的预言：伴随着按比例设计的根状水脉银色光芒的消失，由雪花石膏、花岗石、石英石和乌檀木组合而成的山脉、城市和城堡的光芒也都变得苍白。甚至连高耸云天——在黑乎乎的亭阁里，高不过蚂蚁山——的山峦上熠熠闪光的冰盖和海洋的平面也变得黯淡无光。

起初，人们眼睁睁地看着亭阁里的大江变成了涓涓细流，大河变成了条条银线，湖海变成了干涸的洼地。即使在私下，也没人敢直言不讳地说出，他们心里想什么：难道这些外国人让圣上中邪了，或者用他们的仪器和纤细如针的工具使他走火入魔了？

圣上允许，在昔日水银江河点缀他的帝国缩影的地方，银屑作为替代物撒到其间，金属锉屑，它们哪里比得上被滥用于制造一个毫无用处的机器的液体金属呢，压根儿就不可能给人带来一种充满活力的感觉。圣上允许，那一条条无比强大和神圣的江河被抽干，作为几个哑巴似的外国人的疯狂想象的材料被送到他们下榻的地方和工作台上。在他们的工作台上，黄金、白金、钻石和种种无比珍贵的宝石和水晶堆积如山啊。

有一些知情人发出了为数不多的力图缓和气氛的声音，提醒人们，从上海提供的新水银迟迟未到，只要货一到，也就不用撒银屑了，可这几乎也不起什么作用。夏日的祥和遭到了几个外国人的威胁，甚或嘲讽。这些英国人所施加给圣上的东西，是邪恶的魔咒，或是一个深重的灾难，这也许只能用他们的鲜血才会重新洗刷干净。

考克斯、默林、洛克沃德以及江对这种来势汹汹的邪恶说法几乎一无所知，无论他们其中一个出现在什么地方请求人家帮什么忙，在一张张冷漠的面孔后面，始终无声无息酝酿着这样的风暴，却让他们觉察不到。

事实上，正是皇帝本人，他下令把水银从那黑乎乎的亭阁里输送给这些英国人，为了制造永恒之钟（圣上当着两个朝臣的面，兴致勃勃地起了这样的名字）的工作能毫不拖延地开始实施。考克斯觉得从中可以看出，他和同伴们在这夏日里受到乾隆莫大的恩宠，胜过之前任何时候。

然而，在热河条条被金光闪闪的屋顶照亮的大街小巷里，人们现在不是在这儿或那儿隐蔽的地方议论纷纷，就是在珍贵的、上面写着诗歌的羚羊皮扇子后面窃窃私语，时而也让人回想起了那眉来眼去的游戏——那个出自于唐代的、可以在一些礼仪师的记录本里看到的日历格言。在这样一个日子里，这样的格言甚至作为血红的标语涂在了一面宫墙上。（当然，即使密探调查了几个星期，严刑拷问了许多嫌疑人，其中有两个死于刑讯，但也没能查获其始作俑者。）

“即使一个皇帝”，在一个经历了暴风雨之夜后的灰蒙蒙的早晨，有人用血写在宁静斋镀金的后墙上，字体犹如皮影戏里的皮影大小：

即使一个皇帝
也只有一个声音说，
只有两只眼睛看，
只有两个耳朵听。

相反他的朝廷
有成千上万的声音
又议论又耳语，
有成千上万只眼睛看，
有成千上万只耳朵听，
当所有的眼皮
面对必须要干的事情
都合上时，
也有成千上万只手干着
一大堆眼睛所视而不见的东西。

在阳光明媚的日子里，水心榭里的工作坊荡漾在池塘涟漪的反光里。自从抵达乾隆帝国以来，考克斯第一次在其中感到轻松自在，无忧无虑。

这位皇帝把所有的材料都送到他们手里，要让一个在欧洲那么多工作坊里曾经徒劳的梦寐以求的机械幻想变成现实。最初试验的一系列制作精巧的玻璃棒——是由安徽的玻璃吹制工人按照考克斯的尺寸提供的——证明，仅仅一个这样装满水银的容器就可以在一天内通过压差提供大量能源。在最初的设计草图和计算中，这种大量的能源甚至会成为令人头疼的问题：依靠一个被这种持续的力量所绷紧的链条，传动装置的一个黄铜或黄金配重持续不断地被拉向上方，在这个过程中，怎样防止链条最终不会撕裂呢？

默林，正是默林，这个在所有力学装置问题上造诣深厚、技艺精湛的人能使其所有部件达到尽善尽美的地步。他仅仅在一个星期内就发明了一种卸载装置，当应力过大时，通过它，上升的齿轮便会从啮合中滑出来；当重量在时间流逝中被重力吸引又降到地面上时，这个齿轮又会缓缓地被送回，与那些在空转时不断低声细语的齿环啮合：降到地上，从多石的黑暗中，毕竟一切都一如既往地迎着日月星辰的运行、迎着群星闪烁、迎着灿烂的阳光发育成长。

雅各布·默林，从那天在天狼星号船上以为有海盗袭击时而拥抱住考克斯以来，当他要向师傅表达惊讶和特别赞许时，他有时候会把手搭在师傅胳膊上，有一次甚至搭在他肩上。而考克斯，即使在他的手工作坊里的金匠和银匠中的知己和享有特权的工长那里，他也被视为一个不可触摸的人，有时候甚至害怕去握一握客人甚或来自高层贵族的委托人伸过来的手。但他却没有甩掉默林的手，而是静静地站上一会儿。平平常常地站在那儿，直到他透过自己的衣服感觉到默林手心的温暖。

仿佛这个位于宽阔的莲花池中央、十分敞亮的工作坊是中国腹地唯一一个可能实现这个愿望的地方。由气压升降所导致的水银运动能驱动一个齿轮，而齿轮又能驱动一个传动轴，传动轴又能驱动一个时钟的齿轮装置。考克斯感到制造永恒之钟很容易，似乎不费吹灰之力，简直就像一个玩具，这是一本万利的事情，什么损失都不会有。

不仅关于设计理念和计算，而且各种不同的材料彼此契合，水乳交融，天衣无缝，仿佛什么都没有发生，什么都不会再发生，那个时刻径直来到了。那个时刻，一个徒劳地寻找了许久的原理在其中就要付诸实施了，如此不可阻挡，如此迫不及待地来到这个世界，像一个胚胎，一个孩子……不，不，它更加美妙，更加不可反驳。与一个人的降生不同，实现一个机械理念，在其整体的多样性方面可以理解，可以控制，不是一个谜，不像孩子那样的奇迹。事实上，伴随着他的第一次呼吸，他已经开始走向死亡。

与之相反，这个时钟，它只有一个运行方向，谁要想把由它测量的时刻转化成时辰或分秒的嘀嗒跳动的话，那他早在死亡前就已经踏上了永恒之路。

传动装置、螺杆和钟摆齿轮、一个又一个发条屋、锚形擒纵轮与转轴摆轮以及一个几乎密闭的、防止磨碎一切的粉尘的玻璃罩，还有镶在白金上的钻石和红宝石，在其表面上，运行部件破坏性的磨损会减少到几乎可以忽略不计的程度……即使不是他全部的思考都可以与制造时钟部件有机地衔接起来，但考克斯有时候确实觉得，仿佛用木材、玻璃、各种各样的金属和宝石制作的全部部件不像在一个机械过程中，而像在一个炼金术的炼丹室里运行，彼此围绕着转动，最终以一种有机的旋转相互协调一致。从这种旋转中，不知什么时候，永恒的青春、点金石或永恒必然会像一些被超强和不可逆转的洪流所驱动的河流石子一样不可避免地滚动出来。

怀着对自己的渴望和幻想与中国这位皇帝的梦想十分默契的、未说出口的胜利喜悦，考克斯并未感觉到，他的周围变得越来越昏暗，越来越宁静。尽管白天依然好长，常常是夏日的温暖，但叽叽喳喳的鸟叫越来越少，也失去了往日的纷繁。

在朝廷一片窃窃私语、议论纷纷的声音中，有几个官员已经要求驱逐这几个西方世界的巫师，甚至要求处死他们。这些声音如此不知不觉地开始传播起来，如暴风雨来临前最初的、柔和的穿堂气流与和风，一些声音，连江也难以听到。这些该死的长鼻子似乎只是伪装成珠宝商和金匠而已，但实际上是用魔法力量武装起来的间谍、帝国的敌人；他们居然能迷惑住这个受到子民和苍天爱戴的皇帝的心灵。

即使江在朝廷的知己也避免把一些确定的传言和消息透露给江，但是，这个几星期前还热情健谈的翻译自然而然地背负着预感的压力，变得越来越寡言少语。他每天早上第一个起床，低声细语地吩咐两个太监准备好早餐，或者安排接下来一天的工作，却不回答默林或考克斯任何一个担心的问询：他为什么看上去变得沉闷？为什么断然以这样的表情来应付他们？

默林在他面前展开了大气时钟、永恒之钟的制造图纸，因为他考虑到，江会把工作坊里所发生所谈论的一切上报到上司那里，而他就是要以这样的方式为他提供一个惊喜、一个有意义的消息。但恰恰就在这时，正是江，他们这个寡言少语时时处处形影不离的影子，要警告这些英国钟表匠别再制造什么东西了，语气从来没有如此激动。

自杀！制造一个永恒之钟，一个让它的时辰从时间的深处嘀嘀嗒嗒地跳动到永恒的时钟，这可意味着自杀啊！难道这些英国人就不明白，万岁爷不仅统治着时间，而且就是时间，是的，不就是时间本身吗？也就是说，不仅乾隆的生存经历，而且一切时间都伴随着他开始，也伴随着他结束。在万岁爷死后，所有的长度、面积和空间计量单位，所有的名称，所有用来解释、测量、命名和完善这个世界事实存在的创世传奇、自然科学和哲学真理都必须重新确定、重新定义、重新叙述。中国一个皇帝的末日就是世界的末日。

而一个时钟，就像这些英国人恰恰在这儿，在夏宫的宁静中要制造的时钟，它会超过皇帝，超越他的时光转动，最终也让他仅仅显现为时间进程中一个无足轻重的人物，因为时间进程会不可阻挡地超越一切。这样的时钟必然会要求比他本人更持久，更伟大。比这个时间的主宰更持久，让他因此而萎缩成一个人，芸芸众生中的一个。由于这个魔法，他所统治的一切、所拥有的一切、所令他高兴或喜爱的一切统统变成了一条如同用银屑伪装起来的河流上的漂浮物。

难道这些英国人真的就不相信，圣上或他的朝廷会容忍这样一种侮辱，容忍这样一种亵渎吗？

当江在一种恐惧与愤怒交织的混乱感觉中变得十分激动时，考克斯则在窗前观察着北风吹落的莲叶。一阵阵从四面八方沙沙地掠过池塘水面的狂风把无数片宛若仙客来和四旬斋蔷薇色彩的花瓣像玩具船队似的吹过刚才还平静如镜的水面，使之搁浅在岸边的沙地上，停滞在由木桩和漂浮物组成的不可逾越的障碍前。

在花瓣聚集成堆的地方，似乎有一个玩耍的小孩此刻无疑能听到那些乘坐莲叶舟遭难的航海者的呼喊，一些无法拯救的落难者在砰砰响动的、力图抵抗浅滩财产掠夺者的微型风帆下发出了微乎其微的细小声音，比如一些全副武装发起攻击的甲虫，一些低空飞赶过来的蜻蜓和目光短浅的观赏小鱼。这些鱼儿把一粒从雨天飞落下来的种子与一个无忧无虑的虫子混淆了，莽撞地一跳，张嘴去咬，然后又落到一些不可战胜的、紧紧地在水面下窥视的凶猛鱼儿张开的大嘴里。

江说了又说。

然而，考克斯却只听到那些微乎其微的细小声音和那些乘坐莲花舟搁浅的、为其生命挣扎的航海者无望而细微的呼救声。艾比盖尔在这里肯定看见了它们，也听到了它们的呼救声。

这时，夏天的确开始走向终点。伴随着猛烈的东北风来临和树叶变色，几乎天天都有从紫禁城抵达的使者带来一个又一个消息。这些消息似乎与行将打道回府和宣布秋天的到来息息相关。

在这样一个雨天里，太监们不仅在客厅，而且也是第一次，在工作坊生起了火。可是，当猛烈的阵雨过后太阳又穿过云层露出来，耀眼夺目地映照在花瓣被风吹得一干二净的池塘水面上时，尽管工作台上又闷又热，但考克斯开始感觉发冷。这一天，一会儿阳光明媚，一会儿突然下起冷冰冰的阵雨。在这种变换中，跳上又跳下的气压在安徽造的玻璃棒里引起了一种最终让他信心满满的运动。有了这样的原动力，他就拥有了一个时钟装置也许独一无二的驱动力。这个时钟一旦运行起来，恐怕永远不会停止了。

然而，在这些天里，这个沉陷在昔日悲伤中的发明者并没有关心他的作品，至少当他面对默林和洛克沃德谈起这事时，几乎只字不提那个由皇帝赐予的名称——永恒之钟，而是用了默林赋予的绰号或昵称：Clox。默林试图借此让师傅高兴起来，但毫无效果。

Clox，一个按照敲钟形成的词语与这样一个独一无二、无可比拟的时钟的制造者的名字之间存在着可想而知的联系吗？

准有七十块红宝石安装到这时钟装置里，默林这样估算道，还有五十多块钻石和蓝宝石。钟壳是用无铅玻璃造的，里面要蚀刻上万里长城，这条长度令人难以想象的防卫城墙，使之呈现为乳白色的龙形，还有城垛和烽火台守卫。钟壳不许掩盖任何东西，如同别的钟壳（它们绝大多数不过是掩饰了其制造方式的愚蠢而已），必须展现出其设计制造的所有秘密，让人一目了然，必须让人看到一切可以看到的东西。

那一个个装满水银的精美玻璃棒，那一个个镀银的万象悬置，那一个个金制的钟锤和振荡杆，那一个个雕着无数莲花和竹叶花环的卡子以及用梳理得蜘蛛网般精细的黄铜制作的掣子轮……

在乌黑的花岗石基座上矗立着一个一人高的八角形柱子，玻璃打磨工要在基座上雕刻一首皇帝在未来某个早晨才会书写的诗歌——在时钟制造之际，一些还从来没有人说过、也从来没有人听到过的话，它们会伴随着第一声钟响转变成当下和历史：未来的诗学。

雕刻的字样将会浇铸上白金，以此来制造一种文字的影响，因为它伴随着一种沐浴在月光之中的书法之笔被置于黑暗之中。

不用保养，不用润滑，完全依靠自身，且受到一个八面体玻璃罩的保护，免遭尘埃腐蚀磨损。这个时钟的一个个齿轮似乎会转动到遥不可及的未来，穿越亿万年，永不停息地转动下去，直到进入一个不可预知的时间。在这个时间里，刚才看上去还伟大、有价值和不可战胜的东西顿时化为其原始粒子。可时钟的原理直到一切——包括最亲爱的人、一切安全之地、一切空间甚或时间本身——走到不可名状的末日都会保留它的有效性，并因此也保留它的美妙。

十五　警告

天子下令夏天不能结束，而夏天则恭恭敬敬地听从：尽管毛毛细雨有时候一天下个不停，而且由于乌云压顶，光线变得昏暗，连热河那金光闪闪的屋顶也被夺去了往日的光辉；尽管那条漫长的、把七个亭阁彼此连接起来的银杏树林荫道——按照设计者的理念，它应该是一条龙蜿蜒爬行的道路——已经开始失去秋日的橘黄色光泽，其他与热河的城墙共同高高耸立的树木的树冠已经变得光秃秃；尽管蒙古天空那深深的、让人想起夜晚黑暗的蔚蓝在云彩的漂动中只是还罕见地呈现出一条条狭小的形状或化为乌有的片状。在三天里，水彩画家们找到了机会，用冻僵的手指描绘着挂满白霜晶莹剔透的竹子。这期间，用来搅拌颜料的小碗架在蜡烛火苗上，防止水被冻住。

然而，尽管从紫禁城来了许多信使，却没有进一步的迹象表明，万岁爷会下令宣布秋天到来，人们终于可以在马厩、档案馆、军械库和钟表收藏馆里开始为返回帝国中心做各种准备了。即使一个个游乐花园被笼罩在冷冰冰的雾霭里，一个个玫瑰栽培者冻得哆哆嗦嗦地蹲在凋谢的、上面还点缀着一些发霉的野蔷薇果实的灌木前，可曾经的夏天依然是夏天。万岁爷不允许时间流逝。

在热河这儿，在这只有一个季节的夏宫里，这些英国人的作品必须完成，然后才允许一个新的季节开始。因为在北京，这个工作的大部分必须从头开始，当皇帝由十多个朝臣陪同来到工作坊要确定时间安排时，这些英国人对其中一个大臣这样说道。这个作品太敏感，太精密，那样难以运输，犹如一座山，犹如一个湖或一片云，他们说道，因此，如果不是在这儿和现在来完成，那就必须拖到来年夏天。或者，这当然也是一种可能：他们可以把时钟又拆卸成部件，把这些部件运到紫禁城后再重新组装起来。但是这样做不仅意味着巨大的时间损失，而且也完全意味着时间进程的倒退，意味着一切从头开始。

尽管除了那些朝臣之外，热河几乎没有一个子民看见过这个怪物，但在这期间，这里的每个人都心知肚明；他们都在询问，这个看不到尽头的夏天无疑只是与那个在几个英国人的双手和工具操纵下成长起来的机器息息相关。在水心榭里，这个机器像一个幽灵，它可以不受任何司祭、任何魔力符咒和针锋相对的魔法控制，日益变得越来越不可名状，阴森可怕。

可话说回来，伴随着时钟日益成长和闪闪发光的规模，皇帝对这异国色彩的运行装置、它的一个个齿轮、链条以及水银在其中闪烁的玻璃棒的兴致似乎与之俱增。朝臣们再也不敢窃窃私语，妄加议论了，因为太有可能被信以为真的志同道合的听众在一个大内密探头子面前作证，他刚才听到有人说了什么话。由于这样的报告，一个私下议论的人就会迅速地走向死亡。相反，这个见证人便会乘机飞黄腾达，沐浴在帝国万丈光芒的余晖里。

当时，大内密探对在宁静斋的墙上涂写标语的嫌疑犯进行了审问，其中有两个被拷打致死，虽然也违反了夏宫的法令，但却逍遥法外，因为按照夏宫的法令，在返回紫禁城前，必须停止一切司法、惩罚和判决。从此以后，没有人敢于乱议朝政，因为这不可能逃脱处罚。

在一个持续两天的礼仪中，乾隆在一大群随从的陪同下朝拜了三个献给被夏日漫长的阳光弄得精疲力竭的大自然神灵庙宇。他也经过了水心榭，但并没走进工作坊去看，而是让一个一动不动地站在门槛前的通报人用一种奇怪的唱腔报告，是的，真的当面唱着说，里面的工作台上可以看到什么，英国客人对他从门槛前朝亭子里呼叫着提出的问题是怎样回答的。

夏天在持续，但天气变得越来越冷。很多为一个充满温暖和阳光照耀的季节所建造的楼台亭阁和居所没有取暖系统，而仓库里也缺少棉被和毛皮。谁在工作的时候不流汗，那他就必然挨冻。在朝臣们的住房里，一个个塔式火炉和一个个锻造成龙口大张的镶嵌式壁炉日日夜夜冒着火光。然而，这该死的夏天依然没有尽头。

就像被仇恨的气氛关了禁闭一样，只有当为季节星座的升起和降落举行的仪式或纪念河神的庆典活动要求他们必须在场时，这些英国人才会离开他们的亭阁。自从他们开始着手创造最新作品以来，他们也被邀请参加这样一些礼仪，但却感到这样的特殊待遇是令人讨厌的义务。事实上，他们最新的作品简直以梦游般的速度在进展，他们个个都沉浸其中，谁也不愿意离开。

仿佛皇帝的兴致或激情以另外的方式攫取了他们每个人，考克斯、默林以及洛克沃德度过了一个个不眠之夜，思绪始终萦绕在一个机器上。对此，他们现在只说时钟，不同于以前使用的绰号，首先不同于朝廷赠送给这个在他们的工作坊里日益见长的玩意儿许许多多幽灵似的名称。

时钟，这个巨大的机械装置建立在一种致命的液体金属如同呼吸般的、被空气的重力所驱使的运动之上。伴随着永不停息的运行，它至少能够唤起人们对永恒的预感。难道它与那些简单的、只是用来报时、唤醒梦中人或发出丁零当啷的钟声的响葫芦有什么关联吗？

在一个黎明的早晨，皇帝试图把有关这个作品的一首诗付诸纸面上（据说皇帝第二天把这个秘密透露给了一个大臣，他把皇帝有关这个机器的愿望都写在一张清单上）。

也就是说，他试着写来写去，浪费了半个时辰，最终把写在宣纸上的书法扔到火盆里烧掉了，他不应该，也不允许自己打扰这些英国人的工作。但是，如果一首诗，哪怕是天子的一首诗，要采用错误或苍白无力的言语把一个即将诞生的作品转化成语言，干扰就会在所难免。

在水心榭里，江是唯一一个相信这个时钟会因为其一百公斤有毒的水银威胁到它的设计制造者的人。这些英国客人非但不相信他的警告，而且也置之不理。他们猜测，这个翻译一味希望中断这工作，以便让全体朝臣（当然也包括他）返回紫禁城那梦寐以求的奢华中。

然而，这些日子却充满邪恶的征兆：一条笨拙的幼犬在遭受折磨中毙命了。这是一个水彩画家的宫廷小狗，他被圣上派到工作坊里，为了记录他们的工作。小狗追逐着从一个破裂的玻璃棒里飞溅出来的小水银珠（在鞋街制造气压计时，这样充满危险的不幸屡见不鲜），把其中几颗吞了进去，痛苦得嚎叫个不停，直到两天后死亡。画家也是一个太监，他像疼爱孩子一样疼爱小狗，竭尽全力要救活它。他把失去小狗的不幸归咎于几个英国巫师，他们用有毒的机器污染了他的爱犬，置之于死地。

即使一个深受皇帝信任的画家有足够的力量去伤害朝廷任何人，但是这一次，这个时钟的光辉似乎比任何一个居心叵测的谗言都强大。从最高枢要仅仅传来命令，说要赠送给水彩画家一条新幼犬，而且是同一窝的（一个满洲地方首领为之索要一大笔钱，直到有人告诉他，这幼犬是献给朝廷的贡品）。不，与来自这个时钟的齿轮装置的真正危险相比，水银就是毒性再大，危险也小得多，只能是小巫见大巫。

你为什么如此沉默寡言？考克斯在干了一天特别满意的活后的晚上问翻译，因为他整个下午一声不吭，人家两次询问他一个机械部件的中文名称叫什么，他只说了“我不知道，我不知道叫什么，我要查一查字典”几句话来应对。你到底有什么心事呢？

考克斯，这个沉默寡言的考克斯师傅，在这些天里，他的同伴们有时候对他的印象是，制造这个时钟的工作唤起了他新的生命。这个沉默寡言的考克斯迄今还从来没有问过同伴中的一个或江，他们是不是有什么心事。

仿佛他只是等待着这样一个化解沉默魔咒的问题，江低声说道，但却毫不犹豫：你们就是弄不明白，你们到底在干什么。你们的工作会置你们于死地。你们不明白你们在干什么。你们的工作将会让你们命归西天。

尽管江几乎像说悄悄话似的，但同伴们的工作台上顿时变得鸦雀无声，犹如一个下令安静的礼仪师或朝臣的话音刚刚落下的情景。甚至当江开始以一种不会被任何问题打断的独白重复着他几个星期前就已经对制造永恒之钟反反复复的警告时，一只秋日疲惫的苍蝇的嗡嗡声似乎比他恳求的说话声都要大。面临即将到来的寒冻，苍蝇已经开始寻找庇护所。

这些英国人依然相信，必须完成圣上赋予的伟大愿望，他们又拧螺丝又切割，不是锯就是磨，但事实上，这样做不过是在自掘坟墓罢了，江说道。他们要为万岁爷制造一个永恒之钟。难道他们一如既往地弄不明白，乾隆为什么怀着这样的热情痴迷于钟表和一切计时器呢？难道他们一如既往地执迷不悟，皇帝在其几乎疆界无边的帝国里是唯一一个可以与时钟和时间玩游戏的人？谁要是哪怕只是想到这样一个时钟，那他就必须明白，当他创造了具有统治时间权力的机械装置时，他便凌驾于这位统治者之上了。然而，无论什么人，无论什么东西，都不许超过万岁爷，绝对不许，永远不许，或许除了太阳，或许除了星星，但肯定不会是一个活着的人。

谁准备着要攀上这样的高度，那他恐怕不知什么时候就会认识到，在那高高的顶端，只有那个独一无二的人的位子，而等待其他任何人的命运无非就是死亡。一个就像在水心榭里日益见长的庞然大物那样的机器的制造者只能相信他们的努力必然会带来一个确定无疑的结果：伴随着这个机器的完成和最后一次操作，他们的最后时刻也就来到了。这个中国和世界的主宰必然要独自与自己的时间进程为伍，完全独一无二，以便他能够按照上苍的委托，将自己的权力扩展到一个个星球和一切光明的中心。可这种胜利的喜悦过去不可分享，现在不可分享，将来也不可分享。

江走到八面体玻璃柱前，与其说观察着这个齿轮装置，不如说观察着他的镜像。在玻璃柱里，永恒之钟是一个受到精心保护的作品，永远会免遭一切穿堂风的伤害和粉尘的磨损。

这家伙在那儿说什么呢？翻译在那儿到底说什么呢？谁又是锯又是拧螺丝，这样做是自掘坟墓呢？

你自己也不相信事情是这样，默林一边说，一边就像对一个玩笑做出反应似的，随手把一个从台钳上拿下来的黄铜齿轮出乎意料地扔给江，以至于他本能地伸出一只手去接，却没能接住，使之掉在地上。

这家伙在那儿说什么呢？

难道江就没有看到，自从在工作坊制造这时钟以来，皇帝曾经三次大驾光临吗？三次啊！一次有一大群随从陪同，十分庄严，一次少一些，另一次更少一些，甚至还提了一些问题，一个钟爱钟表的人的问题，一个钟表匠的问题，这一切都是他，也就是江跪在地上翻译的。难道翻译就弄不明白，皇帝将夏天延长了一个又一个星期，甚至几个月，就是为了等待和促使一个前所未有的机械奇迹尽善尽美地呈现在眼前吗？

在皇帝提问和说话时，不许有人直面看着他的眼睛或脸面，这恐怕真的必然会导致，不管他说什么话，都会更加清晰地留在大家的记忆里。可是江显然忘记了，他自己满怀敬畏和惊讶地说过的话：乾隆的确还从来没有向一个手艺人提过问题，还从来没有哪怕只是接近过一个有人工作的地方，一个工作坊。相反，他却一而再、再而三地光顾英国人的工作坊！

翻译在说什么蠢话呢！

一个统治者，如果说他像一个上帝，要按照三个英国钟表匠的工作来安排自己的种种计划，在这段时间里确定他的帝国的命运，运筹帷幄，指点江山，那么他干吗最终偏偏要把这些奇迹制造者从时间中驱赶出去，要加害于他们，杀死他们呢？更何况他已经向他们发出了那么多感激的信号。

难道从江的言语里不是更多地流露出担心，正是他自己有可能会变得多余，因而失去生存的权利？皇帝不是在最近一次光顾时还带来了一个意大利制图员吗？他陪伴着皇帝专注地倾听着，但同时也多次纠正了江的翻译，并且在皇帝的示意下，自己把考克斯的一次回答翻成了圣上的语言。

那么谁最终来维护时钟呢？默林说道，如果这些制造者在完成工作以后都必须命归西天的话。在漫长的运输以后，在返回北京以后，在发生地震、伴随着气压跳跃的暴风雨或一次可笑的小事故以后，谁会重新校正这玩意儿呢？

这个时钟，考克斯打断了默林愤怒的话，不需要任何人保养，也不需要任何人校正。我们这样制造它，它不再需要任何人。一个人都不需要。也不需要我们。

也不需要我们，真的吗？默林问道。那就更好了。天子将会心满意足。而我们……我们收起我们的螺丝刀、钳子和锤子，放回工具箱里，作为腰缠万贯的富翁，乘坐帆船，躺在天狼星号甲板上，回伦敦吧。我们的委托人干吗要灭掉我们呢，哪怕只是我们其中的一个？在什么地方曾经有一个钟表匠之所以被置于死地，就是因为他完成了自己的任务，使一个预定的装置提前并永远运行起来？

江转身背向默林，闭上眼睛，摇摇头，像一个不愿意相信眼前现实的人，一个人居然如此彻头彻尾地没有能力理解什么事情毕竟是不可置疑和显而易见的。

洛克沃德埋头于黄铜链条中，为了在每一个永不停息循环往复的链环上雕刻上希腊语字母 A 和 O。他看上去好像没有把握，他刚才听到的是一场单纯的言语争论还是真的对致命危险的警告？他一边望着考克斯，一边张嘴询问。但考克斯一句话也不说。

第二天早上，下起了第一场大雪，鹅毛似的雪片漫天飞舞，让两个骑马信使以及护送他们的人马在烂泥里所留下的痕迹在几分钟内就消失得无影无踪。他们要把密封在皮套子里的文书送到紫禁城去。在水心榭里，也像其他每天一样，大家都在忙忙碌碌地干着活儿。火盆里，香珠冒着袅袅烟雾。香珠是一个阿拉伯使团进贡的礼物，由信使从北京带过来，交给了这些英国人。这同样是皇帝宠信的证明。工作坊里只听到炭火的噼啪声、袅袅冒烟的香火的歌唱声和精密机械师工作时被削弱的响声。

在这样的一天里，由于不用与供货商或手艺人交流，或者也不用翻译材料清单，江压根儿不想来工作坊，而是在他的两间房子里等待着人家需要他的时候；他不是看书，就是忙着画竹画。

这家伙是有意吓唬我们，还是他真的相信他所说的荒唐之言？默林在工作台前沉默良久后说道。那个昨天扔给江而他没有接住掉在地上的齿轮现在搁在一个装满挑出来的部件的盒子里，盒子就放在工作台上。这家伙在说什么呢？我们自己制造的时钟将要为我们敲响丧钟？

也许他说的没错，考克斯说道。

也许他说的没错？你不是在胡说八道吗？默林问道。

也许吧，考克斯说道。

在接下来几天里，他们再也不会在工作坊里谈论江的警告。仍然不需要他在场。他的出现只是为了准备一日三餐，然后不是消失在自己的房间里，就是在光秃秃的花园和公园里漫步，一走就是几个钟头之久。花园和公园没有围墙和篱笆，几乎与荒野没有什么区别。或者他就在夏宫的亭阁与宫殿之间，一边看书一边慢慢悠悠地走来走去。融化的雪水从屋顶上滴下来。过不了多久，便只能在高耸入云的山顶上看到积雪了。

朝臣们以为十分明确地看到了，在过去几个星期里，来来往往的信使人数继续不断增长，他们骑着精疲力竭的马从紫禁城赶过来，最多停留一个夜晚又离开热河。虽然他们在鞍袋、皮套和皮兜里带来的不是轰轰烈烈的辉煌，但无疑是北京的影响和权力，要把夏宫在不确定的时间里变成帝国的中心。

所有的文件、书信、命令和规定的日期和签发地点都写着热河的一个夏日。毫无疑问，这个夏日不会没有尽头。它不允许没有尽头，它也不可能没有尽头。可它好像还没有到达尽头。时间停止了。

十六　银杏树——瞬间

夏宫的楼阁宫殿在平静中披上了银装，寒冻般的僵硬。这时，万岁爷步行出门。在他之前，还没有一个中国统治者走过这样的路。

在这冬日的清晨，空气里弥漫着闪闪烁烁的微小冰晶，在冷冰冰的阳光下变成了针状的闪光。乾隆躺在用丝绳悬挂起来的摇摇晃晃的床上，不同寻常地度过了很久的时光，同时一言不发地驳回了一个个呈递在他面前的文件、申请和奏折：没有优待，没有减轻赋税，没有提拔、准奏和表彰等，也没有赦免。在这一天里，死亡和所有的生命事件要么任其随意发展，不受任何最高决定的操纵，要么保持各自现有的状态。

万岁爷离开了像竹筏一样摇晃的卧榻，同时推开了两个太监，因为他们应一个宫廷总管的低声呼唤，像平日一样充当他的支撑或脚凳。他不再情愿让申请和奏折浪费哪怕一刻时间。

当他离开下榻的宫殿时，他不容许有人在穿衣时帮着他，不容许他的书记、贴身侍卫或武士陪伴他，也不容许他们组成层层严密的警戒圈，也就是习以为常的、密不透风的人盾包围着他。

他只派人去找他的一个心上人，让她在云书斋等着他。在这寒冷的一天，从热乎乎的河水流过的盆地里持续地升起一团团雾气，时而一条条，时而一圈圈，时而一片片，真的让人不由自主地想起一个个龙飞凤舞的字体；在一定的天文年日子里，天文学家也相应地做出了这样的解释。盆地就坐落在云书斋前面，宛若一面烟雾缭绕、镶嵌在玉石里的镜子。

独自一人，完全独自一人。皇帝独自离开了他的宫殿，这个世界上保护最严密和最安全的地方。没有贴身侍卫，也没有卫队。当然，后来以及在接下来没有下雪、而只有白霜使雪地熠熠闪光的两天里，可以看到，被白雪覆盖耀眼夺目的地面在一个个亭阁背阴的地方被踩踏得乱七八糟。那是被一群伪装起来、秘密隐蔽和全副武装的侍卫的靴子踩踏的；在军机大臣和朝臣的指挥下，他们躲在让人看不见的地方，以难以置信的惊讶密切地注视着天子行走的路线。

圣上独自一人，宛若一个普普通通的散步者，一个在雪地里的漫游者。谁从远处望着他那样踏着沉重的脚步走去，那他恐怕就不会发现有许许多多双眼睛从隐蔽的地方十分警惕地注视着他，也不会发现有许许多多隐藏在灌木和墙壁后面的保卫者。他们浑身颤抖地站在隐身的地方，提心吊胆地竭力不让人看见。事实上，远近只能看到一个裹在毛皮里的人，他穿过一个个宽阔、毫无痕迹、白茫茫的庭院，迎着云书斋上方那些渐渐消失的水汽文字走去。

在前往那儿的半道上，耸立着一棵伞状赤松，上面承载着沉甸甸的积雪。在雪松的投影下，一个笼罩在薄雾弥漫中的女子披着一件紫貂皮披风在期待着他的到来。那结成晶状的气息看上去就像是在温暖的河水上方渐渐消失的云书一个妩媚的缩影或名句：安。在皇帝所有心爱的温柔和甜蜜的女人中，她是最温柔和最甜蜜的；她在那儿呼吸，她在那儿等待。

尽管这个世界主宰黎明时分心情好的时候便书写诗句，同时在寻找着最贴切的表达，可当他想起这个童稚的女子、写一行关于她的诗句，或者当着见证者的面亲手抚摸她的脸颊时，却始终只有他最常用的温柔和甜蜜这两个词。他抚摸着她的面颊，那样小心翼翼，仿佛他在向她说每句话前都必须先试探一下，这个生灵是不是真的，能不能摸得着，而不仅仅是一个超凡的、在渴望的目光下，在实实在在地触摸时又必然会融化、消逝的影子：我的乖乖。我的甜甜。我的姣姣。

安不喜欢听到这些和其他一些老掉牙的昵称，但她从来都不会忘记以微笑来应对。当他命令她前来觐见时，皇帝免去了她下跪的规矩。他甚至无视于死罪的大忌，允许她直面他的眼睛。他的眼睛呈现出一种让人想起长石的灰色，而在其深处，才可以看到一个个海蓝色的包体。在天子众多女人中，再也没有另外一个人发现这样的情形。他允许她用食指指尖描绘他的嘴唇，直到一阵愉悦的战栗使他咯咯大笑起来，听上去好奇怪，甚或疯狂。他的嘴唇时时刻刻都会形成一个不仅对他的每一个臣仆，而且对整个世界的存在和未来的判决。

安尊重和敬佩这个让她如此高高鹤立于帝国所有女人之上的男人。她对他心存感激，无论他对她有什么要求，她从来都不是出于敬畏，而始终是出于感恩而为之。但她却不爱他。

乾隆踏着沉重的步子，犹如沿着一条绷紧的准绳走在雪地上，在距离几个陪着安前来见面地点、此刻在这个世界主宰面前扑倒在雪地上的随从不太远的地方停住脚步。但他朝着她们喊话，不，他拖着一个人自言自语时的低声语调向她们说话，她们全都必须走开，顺便打了一个独一无二的手势，将她们全都从那白雪皑皑的画面上抹去：她们统统都要走开，除了这个乖乖、这个甜甜，一个都不留。看样子，他一会儿要在这个冬日的景象里独自与她相伴。

两个人穿着毛皮大衣，宛若两只毛皮动物，穿过白茫茫的雪地，彼此朝对方走去。对许许多多隐藏在晶莹剔透耀眼夺目的雪地里的眼睛和耳朵来说，既听不到，也看不到，他们是否彼此闻到了气味，他们是否相互接触，彼此窃窃私语些什么或拖着难以理解的动物声音相互问候，彼此昵称。

他们无声无息地靠近对方。然后，这个地球的主宰在擦肩而过时避开了那个裹得严严实实的心上人，继续踩着未被踩踏过的雪地走去。安尾随着他，如同一场经常并也在雪地里演练的仪式，遵循着预先确定的距离，始终保持三个身位的间隔，这些都写在步伐目录里，即使对圣上的妻妾来说也始终是不可逾越的法令。唯独皇帝可以随心所欲地缩小这距离。

乾隆在擦肩而过时是否向他最心爱的人说了他们共同前往的目的地，没有一个观察者可以听得到，但无疑可以看得到，这对情侣打算去哪儿：去看永恒之钟。他们要去水心榭。云书呈现在通往英国客人之家的路上。那些看不见的眼睛和耳朵着魔似的追随着这两个人，从换来换去的隐蔽躲藏中观望着这闻所未闻的奇观。

皇帝徒步。皇帝像一个农夫，走在通往冰雪覆盖的田野道路上，只有一个女人陪伴，一个妃子，他踏在雪地里的步伐对她来说太大，因此，她时而跟着跟着就开始摇摇晃晃、踉踉跄跄。

隐蔽！迅速隐蔽，缩起脑袋，把武器隐藏在雪堆或突出的墙体后面，隐藏在树干、灌木丛后面：当雪团在晨光的照耀下失去支撑，哗哗啦啦地从树枝上掉下来时，即使这个步行者停住脚步，抬起头来，他也不会对他的保卫者有任何预感。在白茫茫一片中，那些警惕的、随时准备出击的存在之所以能够隐藏起来，是因为圣上的注意力更多集中在他的美人身上，胜过一切。一路上踏着深深的积雪，她热得直冒汗，便把毛皮大衣的风帽揭到脑后，长长的秀发披在肩上，宛若一道黑油油的、闪耀着金属色彩的人工瀑布。

笑了？她刚才笑出声了？的确如此，几乎所有提心吊胆地隐藏起来的保卫者都听到她笑出声了。她追寻着皇帝沉重的步伐踉踉跄跄地走去，而他像一个普普通通的人转身望着他的女人，像一个普普通通的男人，像一个普普通通的农夫。她大笑着从失足中拔出来，倒在他的怀抱里。

在众目睽睽之下，但却像在楼阁宫殿之间冰雪覆盖的天地里一对孤独的情侣，此时此刻，他们踏着沉重的步子朝着英国人的房子走去。仅有一只翱翔在夏宫上方的河鸥或一只扇动着翅膀悬在空中、在深深的下方寻找着猎物的鹰隼可以看到。一群密切关注的保卫者从一个隐藏地窜到另一个，不是一闪而过，就是悄然蠕动，时而甚至匍匐爬行，与他们亦步亦趋，始终陪伴着他们。

走开，皇帝说过，走开。然而，对保证天子生命安全的朝臣们来说，这无疑意味着：离开我的视野吧！圣上现在可以环顾四面八方了，似乎除了冬日的空虚、冰雪覆盖的建筑、凝滞的寒冻，无论在哪儿都不会看到一丝痕迹，无论在哪儿都不会看到一个令人讨厌的人影，无论在哪个方向都不会看到任何别的东西。

此时此刻，听不到河鸥和鹰隼的鸣叫，远处传来的仅仅是一只饥肠辘辘的乌鸦时而划破宁静的嘶叫和热河的潺潺流水声。即使在隆冬季节，热河两岸仍保持着绿油油的景象，在那里紫色和黄红相间的沼泽花草哪怕在严酷寒冷的日子里也绽放出生机。

在一片光秃秃的冬日景象中，一群完全隐蔽起来的保卫者陪伴着一对孤独的情侣。在这个画面上，似乎以绘画方式变得清晰的是，在过去几个星期里，什么事情变成了一个莫名其妙和无法驳回的事实：无论什么时候，无论在哪儿，只要一谈到永恒之钟——不管是被一个忧心忡忡的朝臣当作恶魔般的魔法之作私下议论，还是被那些受命于看管编钟和自动机械的太监奉为奇迹，皇帝始终要以自言自语的方式与这个作品独自为伍。他既不愿意听到有人对这个机械装置品头论足，也不愿意听到有人对此说三道四，同样也不愿意听到什么专家鉴定，因为没有别的东西可以与之比拟，如此触动他自己的生存。这个机器似乎越来越变成了他生存的符号和象征。

它像万岁爷一样，位于尘世人的时间之上。它嘀嗒嘀嗒地报着他们的时辰，超越了日日夜夜和岁岁年年的所有界限，同时也不需要任何人在所有的能源储备枯竭后去延长它一个又一个循环周期的运行。一旦它在不可想象的未来某个时候停止嘀嗒的话，那并非是它的寿命到了终点，而是时间末日来到了。

仿佛乾隆要重新建立那个充满敬畏、崇拜和恐惧的空荡荡的空间，因为按照朝廷的法令，这样的空间始终围绕着他的御座、他的形象和他的一举一动。他每次大驾光临水心榭，只能容忍越来越少的随从跟着，直到他最终，也就是这个冬日，把这个特权仅仅赠予一个独一无二的人：这个美人。这个乖乖。安。

皇帝曾三次大驾光临水心榭，仿佛每一次大驾光临都不足以产生轰动，圣上居然还像对他的家庭成员一样跟这些英国魔术师说话。他提出一个个问题，允许这些被问的人站着回答，而不是爬在他面前满是尘土的地上，也不是跪着。他唯独要保护他的面目；他并未为这些英国客人解除不能直面天子眼睛的禁令。

就在第二次大驾光临时，他打了一个漫不经心、但无论如何不可忽视的手势向大家表明，他要与这个时钟装置独自为伍。当他走进那空间之前，所有人，无一例外，也包括这个机器的制造者，都要离开它。八角形玻璃柱就矗立在这空间里。这个时钟要如此独自等待万岁爷到来，如同平常只有他的一个女人等待着他一样。

还要多久？还需要多少时间才能完成？

第三次大驾光临后，一个身着朝臣红色服装的书记前来转达了这个问题，一起还带来了圣上赠送的一个礼物，一只赤金蜗牛。考克斯和同伴们在宫廷里制造这样的机器时，还从来没有人提过这样的问题。按照江的解释，蜗牛是财富和幸福的象征。谁会享受缓慢的奢华，那他就可以摇摇晃晃地进入梦想之中，占有所有人类可能的财富中最珍贵的东西：时间。

那么还需要多长时间呢？

这些英国人应答道：几个星期。

到底几个星期呢？书记官就在同一天又来询问具体的时间。透过敞开的屋门，可以听到他的轿夫气喘吁吁的声音。显然，非要马上回复不可了。

六个星期。要是能够遵守承诺，按时提供那些为时钟水银核心制造的、彼此融为一体的新玻璃棒的话，或许只需要五个星期。可在眼下这雪天里，承诺恐怕难以如期兑现。

不。承诺就是承诺，必须兑现。每个向皇帝使者做出的承诺，书记官说道，他这一次坚持要得到一个明确的答复，毫无例外，纵有千难万阻，每个承诺都必须兑现，哪怕积雪盖过房顶，江河洪水把大地变成汪洋，把山峰变成孤岛。

这天清晨，这对情侣踏着沉重的脚步朝着那亭阁走去：这个大洲大洋的统治者。然而，无论是考克斯还是默林或洛克沃德，都没有看到或预感到大驾光临的一点迹象。

江已经又让人端走了早餐盘子，两个用人也早已不见了踪影；他们每天早上准备早餐，以沉默的顺从伺候客人。又一个短暂的发疯似的工作日似乎开始了不受打扰的进程。考克斯不喜欢在灯笼和蜡烛照耀下工作，因此向来在太阳落山前就宣布结束工作。这个作品已经接近完成的尾声，现在看上去几乎与考克斯的设计图样一模一样。设计图就挂在工作坊东墙上，旁边是一张中国水墨字画。

皇帝前几次大驾光临，始终有一个枢要使者前来通报，然后大家都心扑扑地跳着等待。可是现在，几个英国客人默默无声地埋头于他们的工作，那些玻璃棒必须重新镶嵌。这时，从过道里涌来一股寒冷的气流，表明大门被人打开了，或者被阵风吹开了。那个镀金的、每次有人登门前就会敲响大门的龙头一动不动。穿堂风从考克斯的绘图桌上吹走了几张纸，可江低声呼喊着冲到门前。这时，他突然沉默不语了，几个英国师傅禁不住抬头望去。

只有考克斯能够从他的椅子那里一览走廊与工作坊之间的大门门槛，但他只看到江的双脚：仿佛翻译急着关门或阻止一个不速之客别干扰工作时横着倒在地上了。他身体其余部分无疑冲着大门，但却趴在走廊的昏暗里，让人无法看得到。

江第二次警告过他们，一个永恒之钟的制造者犹如一个亵渎神明的人，超越了万岁爷，伴随着他的作品完成，他恐怕也就迎来了自己的末日。从此以后，考克斯和同伴们就再也没有谈论过这种威胁。默林虽然时而也拿争风吃醋的朝臣们取笑，但在最坏的情况下，看到的不过是一个可以轻而易举地化解的胡言乱语的危险。在水心榭里，对于朝臣们的争风吃醋，与其说可以感受或经历，倒不如说只是预感。

然而，在夏宫的高墙深院内攻击皇帝的英国客人，这样一个罪行，默林说过，必然会让朝廷里不计其数的官员担惊受怕，在大内密探的侦探过程中遭受严刑拷问而死亡——如果按照清朝夏时的法令不是死在热河这儿，也会某个时候死在北京的监牢里。

考克斯，虽然他似乎也忘记了江的警告，但却暗暗地、伴随着一个又一个让他们接近完成作品的工作日越来越不可动摇地深信，翻译说的没错：皇帝的确现在宁愿独自与他的时钟为伍。一个时间的主宰或任何一个委托人在完成了像这样一个作品后还能希望一个自动机械制造师干什么呢？

这个玻璃柱就是钟表匠的技巧所在，毫无疑问也直到遥远的未来能够实现的一切，是考克斯与他的同人们毕生梦寐以求的一切，也是这个对在热河所取得的成功一无所知的世界一如既往地梦想要实现的一切：永动机。如果说曾经有人发明和制造了这样一个名副其实的机械装置的话，那么非这玻璃柱莫属了。自从皇帝最后一次大驾光临以来，遵照他的指示，这玻璃柱宛若神坛，独自闪烁在工作坊旁边的房间里。

即使英国和中国的物理学家学会联合起来提出异议，这玻璃柱自身并不包含一个封闭的、一旦运行起来后仅仅依靠自身力量永不停息地运行的体系，而是一个依赖于气压升降的体系，就像依赖于上紧发条的钟摆一样，因此名不副实，那他们必然会与考克斯所见略同。在这个世界上，不可能存在一个十全十美的封闭体系，因此对人的双手而言永远如此不可企及，犹如上帝的宝座。

然而，这个时钟，它不用任何进一步人为的帮助就能计量和显示它的制造者及其世世代代的生命和死亡的每时每刻，直到无法想象的遥远未来。之前还没有一个人为的装置如此接近一切人们迄今所梦寐以求的机械奇迹。与有机生命流逝的寿命相比，它的耐久性更加接近一种永恒的想象，胜过所有的英雄和圣人，因为他们今天还受到朝拜，明天就会被推下神坛，不是被人用尖头十字镐捣得粉身碎骨，就是被烧成一个火球。

可话说回来，尽管这时钟威胁着他的生命，而且最终也会要了他的命，考克斯还是打算而且也必须完成它，他没有和同伴们再次谈论过这样的危险。在过去几个星期里，他试图以此来平息自己的一个个预感。如果真的存在危险的话，那也只涉及他一个人，与默林和洛克沃德无关。说到底，按照一个密探的说法，他们之中也的确没有一个人会看上去有能力制造一个这样的时钟，因此似乎也不会给一个要求独自占有的时间主宰造成什么麻烦。但对他来说，这两个人是不可或缺的；没有他们，师傅的梦想是无法实现的。既然如此，为什么还要拿一些他们反正也不相信其理由的预感来让帮手们惴惴不安呢？

他的这个时钟作品无论如何都要完成。不仅仅是因为有了它，某些梦寐以求了很久的东西终于成为现实，也不是因为这样做符合中国皇帝的意志，而是因为在时间变得越来越缓慢，甚至停滞的热河，又有一个更大的希望融入那许许多多的、使玻璃柱与其制造者紧紧地连在一起的渴望中。

当他在水心榭里和同伴们冲着那目标迈出最后几步时，在这世界的另一端，在伦敦鞋街一个装有护墙板的房间里，他心爱的、被艾比盖尔的死亡弄得沉默不语的法耶终于又会说话了，又恢复了意识，又回到了他身边。犹如在一个同步耦合的传动装置里，每个发条、每个在水心榭里旋动的螺丝似乎都会送过来一个字母，接着是一个词，然后是一句话；她先是低声地说出这句话，然后是那样清晰明了，那样清新悦耳，宛若她曾经赠给他的不计其数的昵称的每一个。那可是好久好久之前的事了，那可是他永远难以忘怀的时光啊。

通过这齿轮装置，首先通过时钟那些由安徽无名的玻璃吹制工人制造的玻璃棒，考克斯相信与远在天边的妻子心心相印，因为中国大江大河的水银哺育着玻璃棒的金属平面，使之在一天的进程中不知不觉地上上下下，宛若被爱情的躁动所攫取的心灵。是的，当他一边倾听着，一边兴奋地专注于那些响声时，他开始在齿轮装置窃窃私语的时候听到法耶打破了沉默，那样清清楚楚地听到了她的声音，以至于他已经准备着回答她要问什么，急急忙忙地准备好一个问题；他不愿意让她又沉默起来。默林和洛克沃德时而抬起头来，惊讶地从他们的车床望去：师傅在和自己说话。

考克斯从座椅上挺起身来，冲着冷冰冰的穿堂气流朝门口走去，要看一看显然跌倒在地上的江，他的双脚依然一动不动地搭在门槛上。一看见皇帝的身影，他顿时就像被电击一般，也迫不得已地跪在了地上。

那绣花的靴子上沾满雪块，挂满珍珠的雪豹毛皮大衣和同样的毛皮帽子上雪花晶莹闪亮。乾隆一声不响地踏过门槛，他心爱的人过了片刻也跟着走进来，考克斯却再也看不见了。他低下头，闭上眼睛，免得犯下禁忌目光之罪。

默林和洛克沃德也跪在地上，深深地低下头，额头抵在地上，一下子更多感受到的是他们一天工作的锉屑。尽管天子之前几次大驾光临时，允许他们挺身站着回答问题，这令他的随从们怒火中烧；尽管他在热河河畔将他们像同伴一样接待，但这种以及所有的恩宠毕竟向来不过是瞬间而已。某些东西昨天还是令人羡慕、令人愤慨的特权，今天就会成为一个招致不幸、危及生命的错误。在与这个世界主宰相逢时，没有人们可以借鉴的前车之鉴。

考克斯此刻听到了皇帝那深沉而低微的声音，短暂的宁静之后又传来了江的说话声：你们挺身吧。你们没有什么好害怕的。

考克斯迟疑地挺起身，低着头，依然闭着眼睛。他不知道，默林和洛克沃德是不是跟他亦步亦趋，也不看是谁朝他走过来。这时，皇帝又说了一句话，江掩着颤抖的声音，显然还趴在冷冰冰的地上说道：考克斯师傅，你们应该睁开眼睛。天子要看看你们的眼睛。

还没等到考克斯弄明白，这是不是意味着他继续低着头，只是睁开眼睛，或者是不是皇帝真的下令让这位英国客人看着他，他就闻到了一股神奇芬芳的香气，一种香水味，从来还没有从一个即便最富有的委托人的女伴身上弥漫出这样的香气，让他顿感心醉神迷。一种馨香，这不禁使他心里油然浮现出一个花园的画面，一阵徐徐和风吹来，各种花卉的芳香彼此混合起来，并携带着它们涌向一个无色无味的油画世界。

即使皇帝在场，但紧闭的双眼至少还容许他片刻间与已为伍，于是他也听到了那条发源于这多种多样的芬芳、潺潺流动的小溪，一条小溪，它蜿蜒流过那花园。接着，他看见了艾比盖尔。她就蹲在浅浅的水边，把木屑扔进波浪里，使之变成了一个个小船，一条条小鱼，一个个落难的小人，天知道。而法耶就坐在她身旁。

考克斯如此陶醉于弥漫在自己周围的馨香里，以至于违背这位世界主宰的意志依然待在原地一动不动。永远待在那紧闭的双眼的保护中，待在一道被自身的血液充满活力的帷幕后；在它后面，一切都变得可以想象，一切都变得可以梦想，而不会遭到现实情景的驳斥。

突然间，一双丝一般光滑的手触摸到他的眉毛，那样小心翼翼，仿佛首先必须要描绘它的线条，审视它的弧形，然后才划过眉毛的弧线，掠过太阳穴垂下去。一个个芬芳的指尖抚摸过紧闭的眼皮，如同人们抚摸着死者的脸庞，要给他们合上眼睛。

可是，这双手……要把他从黑暗中召回来，让他回到现实生存中。这双手，这一根根指头要按照皇帝的意志打开他的眼睛。它们几乎还没有触摸到他的眼皮，温柔得如同接吻，考克斯服服帖帖地顺从了，终于睁开了双眼。眼前看到的不是皇帝，而是安神采奕奕的面目，这个帝国完全不可触摸、不可冒犯的女子。不仅禁止触摸她的手，甚至禁止触摸她衣服的镶边，而首先实实在在禁止的是所有的念头。她的美貌会诱惑一个个崇拜者浮想联翩。每当安出现在招待仪式上，与天子的几个妻妾一起站在他身边时，一些察言观色的人一定会专心致志于每张转向安的脸。他们察言观色所获得的，会让这个美人、这个妩媚的女人暗暗的崇拜者丧失官位，将他们打入地牢或送上断头台。

安垂下她的手臂，可依然紧紧地站在考克斯面前，而他始终沉醉在她的妩媚和芳香中。这时，乾隆向江示意，他和另外两个英国人应该挺起身来，走在前面，去旁边房间，玻璃柱在那里等待着他去观赏呢。在那里，他们要回答几个问题。皇帝走在安后面，像玩小孩游戏一样把他的两手捂在她眼睛上，或者仿佛他要把考克斯从着魔的幻境里解救出来。她的美貌使考克斯陷入梦境不能自拔。

然而，考克斯这时却深深地陶醉在远方。此时此刻，他睁着的双眼也看到了他的花园。只是现在安也和法耶与艾比盖尔共同坐在水边。这一个宛若另一个，那样令人渴望，那样令人喜爱，又那样不可企及。接着，某些东西攫取了他，一种震惊，当艾比盖尔降生，或者当他第一次躺在法耶的怀抱里时，他也许对此获得了一种预感。他觉得，面对皇帝和他心爱的人，这样一个瞬间不再属于任何时间，没有开始，也没有结束，比流星一闪短暂很多，但却充满永恒的活力：任何时钟都无法测量，表面上没有延伸，犹如苍穹上一个距离几亿光年之遥的闪烁的光点。

也许每个人的心里都有这样一个光点，但它却永远都捕捉不到，谁都无法捕捉住它；它萦绕在脑海和心灵里，停留一个不可测量的片刻，不停地闪来闪去。谁希望这种闪烁、这种闪光永远与一个最心爱的人、一个最亲爱的人心心相印，那么事实上，他无非是陷入了迷宫般的想入非非而已。可他最终所找到的，只有将一切化为泡影的尘埃。

然而，难道不是每个人在一个永恒的脉动瞬间与另一个人宛若永远心心相印吗？因为他在一个神奇的瞬间会受到这样一种闪光的照耀。心心相印，完全确定无疑，在一个人生中无愧于爱情这个名称的一切都实现了。实实在在的一切，考克斯心想着，当之无愧的一切。

突然间，他感觉到这充满活力的瞬间就是时间的化身，感觉到两个沉默和死去的最亲爱的人犹如镶嵌在宝石里出现在其中。与此同时，也伴随着对这个不可触摸、不可企及的女子的渴望。她就站在他面前，沐浴着冬日的阳光，微笑着。而此时此刻所攫取他的东西比任何法令都强大，比面对一个统治者的一切恐惧都强大，甚至比面对死亡的恐惧都强大。

于是，在那个要求充当天地主宰的男人所心爱的女人眼皮下，他又一次跪在地上，不由自主地潸然泪下。

十七　独孤求败——不可战胜的人

一个不能满足、动人心魄的渴望……眼泪能打跑这统领五十万大军、十五万骑士和七百艘战船的总司令吗？

当考克斯依然跪在地上睁开眼睛时，只看到了两个忧心忡忡的同伴站在他面前，还有毕恭毕敬地保持距离的江。对翻译来说，眼泪显然是人们必须避免的东西，如同避免铁水一样。皇帝走了。只有那超越尘世的残余芬芳让人想起他所心爱的人。这种芬芳诱使考克斯穿越时间和空间，深深地陷入那一个个渴望和回忆里。

一无所获？难道考克斯从发生在他眼前的事情中真的一无所获吗？皇帝一声不吭地转过身去，默林说道，随之出门走进雪地里，压根儿也没有再向矗立在房间里的玻璃柱瞥上一眼。他也没有提一个预先宣告的问题。当那个穿着毛皮大衣的美人跟着他走出去时，甚至随手要关上大门，像一个乖巧的姑娘。

可就在这当儿，风将几把雪吹到了门槛上。于是，她让房门敞开着，免得跟不上主子的步伐，随之遵循着天子的足迹消失得无影无踪了。

在这次大驾光临后最初几个星期里，从权力核心圈子里再也没有传来任何音信。那是几个星期暖和的融雪天气，雪水从一座座山岭上哗哗地冲入山谷里，冰冷的雪水降低了热河的水温，使得所有的蒸汽都收缩起来了。在这些日子里，不见朝臣登门，不见书记报信，也没有带有皇家封印的消息，或一张询问永恒之钟的、大家始终必须跪着填写的问表。

对这些来自英国的、受到朝臣憎恨和羡慕的客人而言，乾隆又消失在那些不可企及的远方，而其余的臣仆常常也只能猜测他在哪儿，永远看不见真人。他宛若一个人们可以相信的神灵，但是只有庙宇和宫殿的奢华以及一些无仁慈之心的司祭会承诺他的存在。

这期间，考克斯再也不会怀疑，只要完成了时钟的最后一次操作，江的预言恐怕就会应验。他的委托人恐怕会将他，或许也包括他的同伴们从这个世界上除掉。在这作品旁边，哪里会有尘世人的位子呢。但他却保持沉默，不向默林和洛克沃德就此吐露一个字。他们也弄不明白，师傅在这么几个月紧锣密鼓、一味要赢得时间的辛苦工作之后，现在不是要在这儿进行多余的修改，就是要在那儿安装一个多余的装饰。

一个个装饰！为什么要这样拖延呢？时钟毕竟完成了。或者已经大功告成了。在上次大驾光临之后，在师傅跪在那个身着毛皮大衣的妃子之后，圣上再也没有现身，这无疑意味着，他早就深信不疑，他的愿望实现了，令他十分满意，他现在就只等着最后完工的消息。而偏偏在这个时刻，考克斯却磨磨蹭蹭，拖拖拉拉。

珀涅罗珀，默林在一天吃早餐时冲着考克斯说道，你想到了珀涅罗珀吗？

考克斯和默林曾经接受了爱丁堡一个苏格兰纺织作坊老板的遗孀委托，制造了一个巨大的、百十公斤重的台钟，形状像一个镀银的织布机。那是在他们共同合作的第一个年头里。他们给这个自动机械取名珀涅罗珀，她是斯巴达人坚定不移的公主和不忠实的迷路者奥德修斯的妻子。珀涅罗珀为她的公公织一块寿布，织来织去，就是为了摆脱一群求婚者，因为当丈夫出生入死地征战在特洛伊和更遥远的地方时，他们一直纠缠着她，要看看他们之中谁能接替失踪的英雄登上伊萨基的宝座，睡到英雄妻子的床上。

时间，珀涅罗珀曾经说道，她需要时间。只有当寿布完工后，她才会做出决定。然而，她偷偷地、一夜又一夜将她白天织好的布拆掉，为了赢得时间，不，为了让时间停滞，直到一个侍女出卖了她。侍女后来因此被吊死了。

这个爱丁堡的自动机械伴随着钟摆嘀嗒嘀嗒的响声和一来一去均匀的运行，从它的里面移动出一张由黄铜、黄金与白银线编织的地毯，一张闪闪发光的地毯。它在满月时完工，然后又被织布机一行又一行地吞没，拆掉，直到下一个新月时完全消失，而自动编织工作又从头开始。

难道你要拿我们的珀涅罗珀当榜样吗？默林又一次问道。考克斯一边让用一个几乎透明的瓷碗端上来的竹笋汤晾一晾，一边坚持要用产自高棉帝国的钻石替换来自马来亚群岛的、用作轴承宝石的红宝石。他还列举了一系列齿轮，他不相信，这些齿轮会经受住哪怕只是未来两个世纪的磨损，考虑用合金齿轮来换掉它们，其强度与韧性相当于大马士革钢。

虽然这样做的结果必然会把工作时间继续往后拖延一段，但皇帝肯定会理解的。难道他不是亲眼看到后才相信，再也没有什么障碍会阻止这作品完成，而现在仅仅是一个还不能完全确定的、但无论如何只是短暂的时间问题吗？这条通向目的地的道路毕竟要穿越一个个从来还没有涉足过的机械装置领域。

然而，无论有什么样的理由：像被她的求婚者纠缠不休的伊萨基王后一样，考克斯既不可能拦住时间，也不可能把这工作的完结无缘无故甚至没完没了地拖延下去。而且，天知道，也许江现在扮演了那个泄露真情的侍女角色，向大内密探告发了这个不可否认的事实，这个英国师傅故意拖延完成自己作品的时间。

无论在军事还是外交领域，热河已经被视为帝国的新首都。在初春的几天里，皇帝一个使者出乎意料地出现在水心榭里，现在终于必须要向他陈述拖延的理由了，并且由江一一记录下来。

不稳定、不协调的试运行结果证明，考克斯在同伴们惊讶的目光下口述道，有必要用更加耐久的材料来替换未预料到的不太耐磨的材料。玻璃棒同样也要换掉，以便这样来扩大水银面。再说，还要制造一些耐磨强度高的部件，其耐磨寿命会让万岁爷直到十分遥远的未来也感到欣喜。然而，由于之前还从来没有人制造过这样一个装置，所以也就没有任何经验可以参考，时而走弯路也在所难免。尽管永恒之钟在这些日子里已经像在设计图纸上预先描绘的那样运行起来了，但在其制造者看来，的确还要为未来采取必要的预防措施，如此遥远的未来，只有一个万寿无疆的人才会经历的未来。

可是现在不能再拖延下去了，皇帝使者登门造访已经表明了这一点。现在无论如何不能再拖延下去了。接下来，从皇帝那儿也没有传来什么音信，而考克斯的同伴们在吃饭和工作台上工作时已经产生了怀疑，他们所回忆起的一切到底是否真的发生过：天子的一次次大驾光临，一个个恩宠证明，他在一个冬日的出现。那天，只有一个女人陪同，甚至也许是他亲手推开了工作坊大门……他用自己的双手！

这一切到底是真的吗？或者正是朝廷一些达官贵人出于嫉妒有苦难言，充满仇恨，这帮家伙跟他们玩了一场恶作剧，要让他们相信，站在他们面前的就是万岁爷本人，那个遥不可及的人，那个不可企及的人，而事实上，那不过是一个演员或一个伪装起来的朝臣跟他们说话，向他们提出了问题？

一个演员？简直想入非非。没有人敢于这样做，江说道，在整个中国所统治的大地上，从来都不会有人胆敢模仿天子的样儿，压根儿就不敢，无论是自言自语说说，还是独自隐藏在什么地方；无论是独自在遥远的海洋上，还是独自在偏僻的沙漠里，谁敢冒这样的天下之大不韪呢……不，谁都不会哪怕只是心里想着扮演这样一个角色。事情发生了就是发生了。可是现在……毫无疑问，不是一个演员，而是皇帝本人要求兑现一个承诺。他让自己的忍耐超越了时间和季节，取而代之拦住了夏天。是的，拦住了时间进程本身。可是现在，那一个个迹象表明，伴随着秋色尽染，伴随着僵硬的寒冷和无情的暴风雪，这个夏天毕竟也会到头的。

这时，从云南来了一群大象，有五十二头之多，它们将要承载起从停滞的时间里撤回去的重负。在围绕着皇帝的核心圈里，显然是那样一些幕僚达到了目的，他们执意要把在水心榭里完成的怪物与朝廷持续滞留和被困在热河两码事分开来。

这些英国魔术师的确应该留在蒙古，而皇帝则不受令人愤怒的交货日期的妨碍，要走自己的路！这个该死的时钟要么用一头大象驮走，没有完成也罢，要么在热河变成一堆废物，要么最终运转起来——它不许，也不会更持久地妨碍朝廷的正常运转。那么这些大象呢？将军们这样做不就使皇帝获得了一个新的、在他的意志战场上从来还没有见过的巨大玩具吗？在前往北京的途中会表明，正如赶象人所承诺的，这些庞然大物一定会毫不费劲地融入皇家浩浩荡荡的战斗队伍里，赋予这个地球主宰的千军万马一个新的形象。它们踏着沉重的步伐勇往直前，令人望而生畏，坚不可摧。

也就是说，整个朝廷将会乘着这些大象和成千上万的马匹以及双峰骆驼，乘着轿子和川流不息的马车回到北京，使紫禁城重新行使那些搁置了如此久的、实在太久的权力。时间必然要继续下去，时间也会继续下去。

考克斯向来对此一句话都不说。在这些天里，他开始扪心自问，为了实现一个百年之久的渴望，为了实现他的梦想，他最终真的会随时准备着返回英国，拿他的生命，拿同伴们的生命孤注一掷吗？他能为了一个作品而心甘情愿地接受死亡吗？这首先是一个独一无二的作品、他有生以来善始善终完成的作品，无愧于毕生之作这个称号。

这些日子变得更漫长了。在那一个个公园里，只能看到一些零零星星的积雪。穿过从河岸边袅袅升起的薄雾团，不断地传来翠鸟声嘶力竭的鸣叫，它们对河边苏醒的乌鸫的竞争表示愤怒。在经历了一个不眠之夜后，考克斯向同伴们说明了拯救大家的想法。这个想法将他从对自己梦想代价的质问中解救出来了。

这是解决问题最简单的办法，但无论是默林还是洛克沃德，从来都没有感受到这个问题潜藏着危险。尽管如此，他们赞成师傅所提出的建议：

一、一个旋转水晶把手，用于开启八角玻璃柱。

二、一个打磨的富铅玻璃锥体，用于阻断或释放水银流动。

三、一根用镀金的锇制造的线性传动轴。

四、一根用镀锌的大马士革钢制造的螺纹转轴。

五、一个白金定位环。

将这五个补充部件整整齐齐地码放在一个铺着丝布的蛇纹木盒里，考克斯说道，要将它们转交给皇帝，附上一份由江起草书写的使用说明和这个伟大的作品完全竣工的消息。

只有依靠这五个安装在正确地方的关键部件，时钟才能运行起来。这样一来，除了这个世界主宰以外，任何别的人都不可能被视为这奇迹的完成者，他现在本身就是一个钟表匠，他现在本身就是一个机械师。而几个来自英国的机械师只是在这个过程中帮他搭了把手，他们可以顺顺利利平平安安地回家了。

回家？默林问道，难道在这里没有我们继续要干的事了？

在完成了像这样一个作品后，我们还会有什么事可干呢？考克斯说道。

一个太阳钟，洛克沃德说道，一个沙钟，或者一个水钟？

当默林开始咯咯地笑起来时，几个英国客人同时放声大笑起来，这是他们待在皇宫以来的第一次。一个水钟！为什么不马上造一个蒸汽钟来确定软乎乎的早餐鸡蛋的理想状态呢？

江弄不明白，他们怎么说着说着就大笑起来了。他当然笑不起来，一脸茫然。考克斯昨天请他打听一下，那个跟着大象队伍一起传到热河的传言是不是真的：一艘荷兰东印度公司商船遭遇上了一场台风，被拖到了秦皇岛港口，在接下来的几个星期里要在那里钉上铅皮，进行修复，然后装上瓷器、茶叶和丝绸等货物，又启航驶向鹿特丹。

一艘船！

天狼星号船，他们好久以前乘坐它来到了这个帝国，天知道，它现在还游弋在哪儿的海上；天知道，什么样的风暴和蛀虫会阻挡它把这三个钟表匠送回家。再说，去秦皇岛比去杭州更便捷。

猎户星号，江打断了他们的笑声，这船是猎户星号，已经是第三次抵达秦皇岛了。船长会说汉语，被视为这个国家的朋友。

那我们呢？默林问道，难道我们就不是这个国家的朋友吗？

但是江也不愿意拿这个问题取笑：不是，谁要拿一个毫无用处的玩具迷住了皇帝，拿一个有毒的水银玻璃柱让他中了邪，那他就不是这个国家的朋友。

考克斯和同伴们永远也不会得知，乾隆对那个珍贵的蛇纹木盒子说了些什么。几乎不到四个星期后，蛇纹木盒就被从水心榭递交给了皇帝，附有一份不是特别令人满意的手书，上面写着五段话，可以看到怎样从盒子的丝布垫上取出那些部件，它们应该安装在哪儿，以便永恒之钟可以运行起来，从而成为皇帝人生的一个里程碑。

除了时间的主宰以外，任何别的人都不许让像这样一个装置运行起来，在密封的使用说明里这样写道。这个机器要为一个生命嘀嗒嘀嗒地敲响节奏，直到一个个星球变得暗淡无光。这个生命不是一个尘世之人的生命，而是一个神灵的生命。

即使那些愤怒至极的阴谋家也平静下来了，因为这个邮包费尽周折递交给了皇帝几天之后，他们得知圣上对玻璃柱满意有加，并打算派人把几个英国客人送到一艘荷兰受损的船上。这船要在秦皇岛的船坞里钉上铅皮，安装上新桅杆，然后启航驶向西方世界。死去或活着，但唯独重要的是，这些该死的英国人必须离开中国。为了彻底清除他们的作品以及他们遗留下来的一切，使之从这个世界上彻底消失，毫无疑问，还有足够的机会。

就这样，在初夏阳光明媚的一天，几个英国人骑在美丽的马背上，在六个全副武装的骑士（他们对缝在丝质宽腰带里的钻石一无所知，那是一个司库大臣付给他们的报酬，他无奈也难以掩饰自己的愤怒）护送下出了城，朝着中国的大海方向而去。

考克斯将他的时钟设计图纸和所有的工具连同登记在宣纸清单上剩余的珍贵制造材料一起装在上锁的箱子里留下来，也建议同伴们尽量轻装上路。对他们每个人来说，一磅多闪耀着打磨成蔷薇形状的钻石足够一路的行装。有这样的宝石铺垫，这条路将会通向遥远的未来。

当考克斯让马儿慢慢腾腾地走过无雪而鲜花盛开的大地时，他时而自言自语地说着一个个词、一句句话，法耶似乎会用这样的言语来迎接他。法耶似乎会这样说，她似乎会说出他的名字，朝着他呼喊，是的，呼喊着，她多么爱他啊。这个以水银为核心的装置把语言从这个世界的另一端带回了鞋街，带给了她；摆轮的每次摆动、齿轮的每次旋转都会把一个词语带回她房间，里面拉开的窗帘在清新的和风里轻柔地摆动着。

江要陪着皇帝的客人，踏上通往秦皇岛船坞漫长的道路，送他们最后一程。他时而让自己落在人马后面，免得听到这位大师那发疯似的自言自语。考克斯说起了爱情。他咯咯地笑，大声地笑个不停。

热河已经久久地消失在一个个温柔的山峰背后，一大片白云越过连绵起伏的山岭飘向远方。这座城市启程了。虽然夏天来了，朝廷却整装待发，准备回到帝国的真正中心。看样子，仿佛时间掉转了方向，现在回溯到一个充满希望的源头，就像一条害怕被瓦解和汇入海洋的河流。

在英国客人上路的第四天，也就是一个轰轰烈烈地祭奠玉皇大帝，即众神的统治者的日子里，水心榭被侍卫们层层围得水泄不通，长矛林立，矛尖亮晃晃地直指云霄，随时准备着抵御苍天。

万岁爷要在这亭阁里独自与那个莫名其妙的玩意儿为伍，也就是英国客人们凭空置于这个世界的玩具或怪物。早晨的阳光以宽阔的轨迹透过窗户射进来，使得八角形玻璃柱熠熠生辉，仿佛它不是由金属、玻璃和水银，而纯粹是由光芒组成的。

乾隆把考克斯师傅的座椅挪到这闪闪发光的玩意儿跟前，打开装着五个关键部件的蛇纹木盒，打量着那些精美的东西。依靠它们，这个时钟装置就可以运行起来了。他望着自己映现在抛了光的黑色花岗石基座上的镜像。在基座上，将要雕刻上一首他不知在哪个清晨似乎还要书写的诗歌，并且用白金浇铸。然而，也许……也许这块花岗石上最好永远什么都不写，幽黑，灿烂，空虚，是对一切曾经可能的存在的回忆。永远有可能的存在。

翻译用毛笔书写的不灵巧的书法，也就是控制这个机器的五条使用说明，乾隆再也不用了，当他反复阅读了说明以后，在日出之前的时辰里，说明书在一个玉碗里被焚烧掉了。只要他还能思考和回忆，他似乎把五个步骤的每一步都当作不可分割的秘密牢牢地铭刻在他的记忆里。

然而，当他现在让这时钟永不停息、无边无际地嘀嗒嘀嗒运行起来时，那么时间的进程并非是不容置疑的，对所有现世的人以及遥不可及的未来时代的人而言，可以从一个扇形刻度盘上看出来——并且不可改变？那么一个万寿无疆的主宰还能独自按照他的意志控制时间——或者会像他的任何一个无名的臣仆一样在时间的长流中漂去？

皇帝从木盒的丝垫上拿出那个富铅玻璃锥体，按照五条使用说明的最后一条，他可以用它让水银在时钟的玻璃棒之间流动，或者使之停滞。这时，突然出现了这样的情形，仿佛这个英国师傅还留下了另外的东西，攫取了他，一股冰冷的气息从空荡荡的工作台上冲过来，掠过他。

于是，乾隆，这个地球主宰，这个不可战胜的人，浑身发抖地中断了他的操作，然后把玻璃锥体小心翼翼地放回丝垫盒里。

后记

虽然为本书标记为小说这个词无疑会让这样一个补充说明显得多余，但为慎重起见，说一说也无妨。

那个历史上的钟表匠与自动机械设计师名叫詹姆斯·考克斯，而不是小说中的阿里斯特·考克斯。他的神奇作品不仅在欧洲的皇家博物馆，而且也在北京的紫禁城里可以看到。它们在那里给了我灵感，让我的故事拥有了内在的节奏。

詹姆斯·考克斯从未到过中国。他没有按照一个中国皇帝的理念制造过时钟。他也没有名叫法耶的妻子和名叫艾比盖尔的女儿。

詹姆斯·考克斯和他的历史同伴与股东约塞夫·默林（并非小说中的雅各布）既不是朋友，也从未共同旅行过。在我所描写的时钟里，仅仅有一个真的是他们共同制造的，那就是按照气压原理设计的空气永恒机械装置。一个装置，它如此接近机械装置那不可实现的梦想：永动机。没有任何别的装置可以与之媲美。在这个故事里，所有其他时钟模型都是虚构的。

正如他们的后代对我所说的，这些充当我的小说人物原型的人无疑爱过，也痛苦过，为他们最亲爱的人担心过或悲伤过。但是，他们有过什么感受，他们有过什么想法，他们曾经渴望什么，以及他们有可能害怕过什么，我在这里只能猜想或虚构，而绝对不会断言。

考克斯和默林的委托人，这个生于1711年、死于1799年的中国历史上的皇帝年号为乾隆（意思是天道昌隆），叫爱新觉罗·弘历，登基之前他是宝亲王。

乾隆是清朝入关后的第四个皇帝，也是中国唯一一个在位几十年后自愿放弃皇位的统治者。他有为数众多的妃嫔，但按照历史遗留下来的记载，她们之中没有一个姓安。乾隆收藏了大量的艺术品和时钟，可是他从来也没有见过一个英国钟表匠的面。

我们今天的钟表匠和自动机械制造师恐怕会提出异议，像我所描写的这样一些机械设计，即使是由四个受到皇帝恩宠和支持的手艺人，也绝对不可能在那个我为他们所提供的时代里构想和制造出来的。这话不错。

然而，这部小说的人物，其中包括阿里斯特·考克斯、他心爱而沉寂的妻子法耶和他的女儿艾比盖尔、他的同伴雅各布·默林、阿拉姆·洛克沃德和不幸的巴尔德尔·布拉肖夫，甚至连翻译约塞夫·江（这是我在维也纳一个中国朋友的名字）、那个少女似的妃子安和乾隆，这个中国无比强大的皇帝和万岁爷等，他们都不是我们今天的人物。

在此致谢我的朋友罗伊·福克斯、约塞夫·江、曼弗雷德·瓦考宾格和张晔。感谢罗伊在伦敦对詹姆斯·考克斯一生所做的调查，感谢约塞夫在紫禁城钟表馆的详细讲解，感谢曼弗雷德在我的故事善始善终的一路上所提出的问题和建议，感谢晔陪同我登上黄山。在前往这座名山的旅途上，开始了一个话题，从而最终导致虚构出一个国度的结果。这个国度与现实分享了她的名字——中国。

克里斯托夫·兰斯迈耶

2016 年 1 月于维也纳

图书在版编目（CIP）数据

时间的进程 /（奥）克里斯托夫·兰斯迈耶著；韩瑞祥译．—北京：北京联合出版公司，2019.7

ISBN 978-7-5596-3263-0

Ⅰ．①时… Ⅱ．①克… ②韩… Ⅲ．①长篇小说－奥地利－现代 Ⅳ．①I521.45

中国版本图书馆 CIP 数据核字（2019）第 092049 号

时间的进程

作　　者：(奥地利）克里斯托夫·兰斯迈耶

译　　者：韩瑞祥

责任编辑：宋延涛

特约编辑：张兰坡

封面设计：Metis 灵动视线

版式设计：张立波

北京联合出版公司出版

（北京市西城区德外大街 83 号楼 9 层　　100088）

三河市中晟雅豪印务有限公司　　新华书店经销

145 千字　　960 毫米 ×640 毫米　　1/16　　16 印张

2019 年 7 月第 1 版　　2019 年 7 月第 1 次印刷

ISBN 978-7-5596-3263-0

定价：32.80 元

时间的进程

著作权合同登记号　图字：01−2019−3916 号